トム・クランシー&
スティーヴ・ピチェニック
伏見威蕃／訳

# ブラック・ワスプ出動指令（下）

Sting of the Wasp

JN118193

扶桑社ミステリー
1621

TOM CLANCY'S OP-CENTER:
STING OF THE WASP (Vol.2)
Created by Tom Clancy and Steve Pieczenik
Written by Jeff Rovin
Copyright © 2019 by Jack Ryan Limited Partnership
and S & R Literary, Inc. All rights reserved.
Japanese translation and electronic rights arranged with
Jack Ryan Limited Partnership and S & R Literary Inc.
c/o William Morris Endeavor Entertainment LLC., New York
through Tuttle-Mori Agency, Inc., Tokyo

# ブラック・ワスプ出動指令（下）

登場人物

チェイス・ウィリアムズ――――オプ・センター長官

アン・サリヴァン――――オプ・センター副長官

ロジャー・マコード――――オプ・センター情報部長

キャスリーン・ヘイズ――――オプ・センターの画像分析官

ワイアット・ミドキフ――――アメリカ合衆国大統領

トレヴァー・ハワード――――国家安全保障問題担当大統領補佐官

ジャニュアリー・ダウ――――国務省情報研究局《INR》副局長

マット・ベリー――――大統領次席補佐官

ハミルトン・ブリーン――――陸軍少佐、ブラック・ワスプのメンバー

グレース・リー――――陸軍中尉、ブラック・ワスプのメンバー

ジャズ・リヴェット――――海兵隊兵長、ブラック・ワスプのメンバー

アフマド・サーレヒー――――元イラン海軍大佐

ムハンマド・アビード・サーディー――イランの海運業者

イブラーヒーム・アブドゥッラー――神の支持者《アンサール・アツラー》の戦士

# 29

ワシントンDC、ホワイトハウス
七月二十三日、午前八時二十四分

マット・ベリーは、ウィリアムズから連絡があったことにほっとしたが、報告を聞いて苦慮し、ウィリアムズの提案に確信が持てなかった。

ベリーの狭いオフィスは、朝のうちは陽が射さないので暗かった。前夜からずっと、山火事のようにひろがる噂《うわさ》を揉《も》み消さなければならなかったので、雰囲気も暗かった。サーレヒー捜索——自由世界のすべての情報機関の最優先事項——への対処に、かなりの時間が費やされた。これまでのところ、だれも確実な情報をつかんでいなかった。

ベリーは、チェイス・ウィリアムズからようやく連絡があったので、ほっとしていた。それに、秘密保全措置をほどこした回線でウィリアムズが伝えたことが、もっとも有力な手がかりのようだった……だが、決定的ではない。話をしながらベリーは、国家偵察局のダーラ・プライス宛《あ》てのメッセージを急いで書いていた。

「だれもやつを目撃していなかったんだな？」ベリーは、ウィリアムズにきいた。

「そうだ。しかし、すべての矢印が、この方向を指している――武装した護衛、隠れ家。しかも、われわれが突入すると同時に、重要な人物がここからヘリコプターで運び出された」

「護衛はどうした？」

「ブラック・ワスプがどうにかした」ウィリアムズはいった。

「船を用意する」ベリーは、もう一通、メールを書いた。「きみたちは撤退しなければならない。場所は追って連絡する」

「べつの車を手に入れた」ウィリアムズはいった。「三人が来たらすぐに出発する。しかし、サーレヒーを捕らえる見込みがなくなるまで、やつを追いかけたい」

「だめだ。ヘリコプターとピアルコ空港を大至急監視するよう指示をだした」ベリーはいった。「サーレヒーが旅客機に乗せられるようなら、突き止めて識別するのに間に合う」

「そのあとは？」ウィリアムズはきいた。

「どこへ行くか見届ける」ベリーが答えた。

「それでは、やつは敵国へ行ってしまう！　やつを受け入れるのはそういう国しかない！」

「それなら、そこで捕らえる」ベリーがいった。

「撃墜すればいい」ウィリアムズはいった。「われわれを非難するのはイランだけだろう」

「民間の旅客機を撃墜するのか？」ベリーがいい返した。

　ウィリアムズは黙っていた。

「それは無理だ」ベリーがつづけた。「きみたちは――わたしたちは、隠れ家に運ばれた人物がサーレヒーで、じっさいにヘリコプターに乗ったことを示す証拠を、なにひとつつかんでいない。もしかすると、なにもかも、きみたちの目をそらすための芝居だったかもしれない。やつはエレベーターでおりて、洗濯室かどこかから脱け出したかもしれない」

「ちょっと待って」ウィリアムズはベリーにいった。「三人が戻ってきた」ＳＩＤをスピーカーホンに切り換えた。「少佐、サーレヒーが上にいなかった可能性はあるか？」

「いいえ」ブリーンが答えた。「ひとり残らず、大急ぎで駆けずりまわっていました。アパートメントのドアはあけっぱなしで――廊下の監視カメラをはずし、コンピューター一台と、スマホを山ほど回収しました。下っ端の連中が秘密を漏らさないように、スマホを取りあげたんですよ。それも置き去りにしていった――急いでいたからです」

ウィリアムズは、スピーカーを切った。「聞いただろう？」ベリーにいった。

「聞いた」ベリーが答えた。「チェイス、きみとチームは、降下後ずっとすばらしい働きをした。しかし、脱出させる。湾を目指せ。そこに着く前に会合点を伝える。わかったな？」

「わかった」ウィリアムズはいった。「しかし、この任務は終わっていない」

「終わりだとはいっていない」ベリーがいった。「しかし、わたしたちは、ひと息入れて、状況を考える必要がある」

# 30

トリニダード島、ポート・オヴ・スペイン
七月二十三日、午前九時七分

ベリーのいうことはまちがっていない。しかし、これほど近くまで迫ったのに、陣容を立て直さなければならないのは不愉快だった。

チームの三人が、ウィリアムズが手に入れた鮮やかなオレンジ色のジープ・ラングラーに乗り込んだ。

「いい車だなあ」雰囲気を明るくしようとして、リヴェットがいった。

「あいつのだ」ウィリアムズが、死んでいる男のひとりを指差した。「キーを持っていた」

ウィリアムズは、ＳＩＤを膝《ひざ》に置いて、駐車場からジープを出した。助手席でブリーンがノートパソコンを起動していた。エイジャクスに出ると、グレースとウィリアムズは、ヘリコプターがいる気配はないかと探した。とっくに見えなくなっていた。

「イランのウェブサイトだ」ドロップダウンメニューをスクロールしながら、ブリーンがいった。

「サーレヒーが見ていたにちがいない」ウィリアムズはいった。

「それと――JAMについても調べていたんだと思います」ブリーンがいった。「生き延びられるかどうかは、やつらしだいだったし、これまでサーレヒーはテロ組織とは深くかかわっていなかったようですからね」

「鋭い指摘だ」ウィリアムズはいった。ブリーンといっしょに働くのは、ワンマン・オプ・センターがそばにいるようなものだった。それに、あとのふたりも、アパートメントでターゲットまで数メートル以内に達した。マイク・ヴォルナーとJSOCチームがこれまでの任務で行なったのに匹敵する並外れた働きだった。マット・ベリーの用心深さにウィリアムズはかならずしも賛成できなかったが、ブラック・ワスプとウィリアムズを結び付け、現在、終わりを迎えようとしている人員過多でオフィスに縛られている組織よりも、ずっとスリムで機動性の高いチームを創りあげた頭脳の冴《さ》えには感心していた。

「左側通行っていうのは怖いですね」リヴェットが、運転席の背もたれに膝をつっぱっていった。

これまで潜り抜けてきたことのほうがよっぽど恐ろしかったはずなので、おもしろいことをいうとウィリアムズは思った。

ベリーがウィリアムズにメールを送ってきて、海岸沿いを八キロメートル南に進み、カローニ鳥類保護区へ行くよう指示した。そこは一万二〇〇〇エーカーのカローニ沼地にある。海軍の特殊戦用複合艇《RHIB》一艘《そう》がすばやく侵入して脱出すれば、ほとんど注意を惹《ひ》かないはずだった。

ユリア・バトラー・ハイウェイを南下するあいだ、ジープの外も車内もいたって静かだった。南北にのびるその幹線道路沿いには、広告の看板、低い建物、広大な細長い草地があった。RHIBが五分後に岸に到達すると、ベリーが連絡してきたとき、ウィリアムズはそれをブリーンに伝えた。ブリーンはすでに双眼鏡で湾を観察していて、チャコールグレーの船が高速で接近してくるのをすぐさま見つけた。エンジンで航走するRHIBは、艇首を水面から二五度も持ちあげていた。

「旗がない」ブリーンが観察を口にした。

「密輸業者よりもアメリカ海軍のほうが調べられたり撃たれたりすることが多いのは、

悲しいですね」リヴェットが指摘した。

ウィリアムズは、泥と雑草に覆われた地面にジープを乗り入れてとめた。殿《しんがり》のブリーンが、警察などに追跡されていないかどうかハイウェイを見張り、チームは水辺に向けて進んでいった。そのまま何事もなくＲＨＩＢのところまで行って、五分以内には国際水域に出ていた。


アメリカ海軍第４艦隊は、南大西洋で敵潜水艦、封鎖突破船、私利私欲のために掠《りゃく》奪《だつ》する海賊からの防衛手段として、一九四三年に編成された。一九五〇年に一度解隊され、第２艦隊に吸収された。その後、二〇〇八年に、カリブ海と中南米の水域を担当地域に含む南方軍の水上艦と潜水艦を運用するために、再編成された。その地域の平和を目指する同盟国に対するアメリカの責務を強調するための組織変更だとされていたが、ロシア、中国、イラン、朝鮮、それらの諸国が支援もしくは黙殺しているテロリストが、その地域で戦略基盤を築くのを阻止するのが本来の任務だった。

ブラック・ワスプ・チームは、沿海域戦闘艦《LCS》〈ガブリエル・ギフォーズ〉に運ばれ、そこで救出チームの四人にそれぞれがじかに礼をいった。ことに危険な任務ではなかったが、きわめてありがたい出迎えだった。

　そのあと、四人は医務室に連れていかれた。衛生兵曹ふたりがざっと診察し、脱水症状を軽減するためにボトルドウォーターを渡してから、一等兵曹ひとりに世話を任せた。若い女性の一等兵曹が、四人を食堂に案内し、ディラン・ハイソン少佐がやってきた。銀髪の少佐は、秘密保全のためだといって、ウィリアムズとふたりで、そこを離れた。グレースとリヴェットは疲れ切っていて、怒る気にもならないようだったが、ブリーンはこの展開と、新しい情報に興味を示していた。ウィリアムズは秘密を守るよう宣誓しているので、ブリーンの質問に答えたり、彼のデータバンクに情報をつけくわえたりすることはできないが、ブリーンがなにを知っていて、なにを推測していてもかまわないと、個人的には思っていた。

「すみません」べつのテーブルに映ると、ハイソンが三人のほうを示していった。「作戦上の保全適格性認定資格《セキュリティ・クリアランス》を備えているのは、あなただけですね」

「そうだ」ウィリアムズはいった。「しかし、わたしたちは困難を潜り抜けてきたばかりなのに、すこし杓子定規《しゃくしじょうぎ》に過ぎるんじゃないか」

「あなたも元CENTCOM司令官なのですから、国防総省の辞書に〝公平〟という言葉がないのはご存じでしょう」

「たしかに」ウィリアムズはいった。

「DCからの秘密保全措置をほどこした事後聴取を受けていただくために、通信センターへお連れするよういわれています」ハイソンがいった。「あなたが最初で、あとはひとりずつ。それに問題はありますか？」

「問題はない。ただ、厳密にいえば、わたしは階級が上だが、リーダーではない。そういう説明を受けていないのか？」

ハイソンが首をふった。「名前と階級しか聞いていません。ベーコン中佐――いま艦橋《ブリッジ》にいます――が、海軍作戦部長からじかに命令を受けました。強力な味方がいるようですね」

ウィリアムズは黙っていた。大統領とベリーが自分たちの影の政府に相当するものを動かしていることに魅了されるいっぽうで、不安も感じていた。

「あなたがたが〈イントレピッド〉と関係があるテロ活動を追っていたことは知っています」ハイソンがなおもいった。「わたしたちが感謝し、応援していることを、知っていただきたいと思います」

「ありがたいことです」ウィリアムズはいった。「トリニダードから、われわれの役に立つような情報が届いているかどうか、教えてくれませんか？」

ハイソンが溜息《ためいき》をついた。「トリニダードにおける活動は監視しています」ハイソンはいった。「ただ、電子的な手段のみです。それらの情報は海軍情報部で保存し、検討されて、国土安全保障省に伝えられます。けさ起きたことが読まれてテロ関連のデータベースに書き込まれるまで、何日もかかります」首をふった。「たしかに念入りだが、効率がものすごく悪い」

「ハイソン少佐、わたしたちはいまもテロ攻撃の犯人を追っている」ウィリアムズはいった。「わたしのチームに関して受けている命令は？」

「率直にいって、事後聴取について指示されただけで、あとはなにも」ハイソンがいった。「哨戒《しょうかい》をつづけることになります」

ウィリアムズはチームの三人に現況を説明した。ハイソンが三人を食堂に残して、ウィリアムズを、統合指揮統制センターに隣接する統合戦略資源室へ案内した。ウィリアムズは艦長のベーコン中佐の要望で紹介された。

「中佐は、自分のＬＣＳにだれが乗っているのか、知りたいんですよ」ハイソンが弁解した。

「いたって当然のことですよ」ウィリアムズは安心させるためにそういった。

ハイソンは、モニターにＬＣＳ‐10〈ガブリエル・ギフォーズ〉の徽章《きしょう》が表示されているノートパソコンが置いてある狭い部屋に、ウィリアムズを案内した。鷲《わし》が上に乗っている楯にサボテンと錨《いかり》が描かれ、楯の下に〝われに準備あり《ジュ・シュイ・プレスト》〟という隊是が記されていた。タフツ大学で四年間フランス語を学んだので、意味がわかった。ノートパソコンは、壁に押しつけられた砲金色のデスクに置いてあった。前に回転椅子《いす》があった。

「急回頭のときは楽しいだろうね」ウィリアムズはいった。

「先方から連絡してくると知らされています」ハイソンがいった。「ああ、それと、ここでは携帯電話は使えません。電子的スクランブルがかけてあります」壁を指差して付けくわえた。

おたく帷幕会議室《ギーク・タンク》とおなじだなと、ウィリアムズは思った。

「メールを送らなければならない相手はいない」ウィリアムズはいった。

「終わったら、コマンドYを押せば、迎えにきます」ハイソンがいい、カチリと音をたててドアを閉めた。

四十代のハイソンはきびきびしていて丁重だったが、それだけだった。突然の救出任務とブラック・ワスプ・チームの存在にハイソンが狼狽《ろうばい》しているようすはなかったが、彼の上官たちは困惑しているのかもしれない。予定外の救出任務は、将校が好むような任務ではない。

　空調装置の低いブーンという音を除けば、部屋はほとんど無音だった。艦内のすべての場所とおなじようにかすかな動きが感じられたが、こういった新型艦はウィリアムズが以前、慣れ親しんでいた特徴を失っていた。どういう思想で設計されたかを、いま思い起こした。ＬＣＳは水中のプロペラ、シャフト、支柱、舵《かじ》という組み合わせの代わりに、吃水線《きつすい》上のウォータージェットを使用するので、吃水が浅いところ——たとえば川や岸に近い水域——での任務に最適だった。ウォータージェットは、なめらかで静かな航行にも貢献する。

　ノートパソコンの時計が９：30になるとすぐに、マット・ベリーの顔がスクリーンいっぱいに表示された。

「ヘリを空港で捕捉《ほそく》した」前置き抜きで、ベリーがいった。「接近経路に自家用ジェット機がいた。出発地はサナア国際空港、所有者はイエメンのサーディー海運。サーレヒーがそれに乗らない場合に行けるのは——」タブレットを確認した。「——カリビアン航空でハイチ、ジェットブルーでフォート・ローダデイル、コパ航空でパナマ・シティ、スリナム航空でキュラソーだから、そのジェット機がサーレヒーのために用意されたことはまちがいない」

「サーディー」ウィリアムズはいった。「アラビア半島のアルカイダと結び付いている」

「と報告されている」ベリーがいった。「イエメンのザマールにいるモサドの偽装工作員が、巨額の現金を回収した。サーディーが潜伏していると思われている地域まで出所をたどれると、イスラエル側はいっている。だが、直接の結び付きは突き止められていない」

「ジーザーンにいるサウジアラビアの工作員たちも、報告書でサーディーのことを——」

「それはアムネスティー・インターナショナルから出た話だ」ベリーが、ふたたびタブレットを見ていった。「何人もの女性が拷問《ごうもん》されたと報告されている——ひとりが供述した。そのあとで行方不明になった」

「つまり、明らかに西側の関心事など考慮していない人間が、アフマド・サーレヒーを安全な場所へ運ぼうとしている」ウィリアムズはいった。「きみはなにをやる？　わたしたちはなにをやる？」

「ふたつとも的を射た質問だ、チェイス」ベリーが、ようやく淡い笑みを浮かべていった。「わたしがやるのは、そのジェット機が飛ぶあいだ、サナアに戻るのを確認することだ。きみたちがやるのは、ザマールを拠点にしているモサドのアミト・ベン・

キモンに合流して、待つことだ」

「なんのために?」

「ジェット機の位置」ベリーがいった。「そのほかの事柄。詳細はいま煮詰めている」

「確認のためのアミト・ベン・キモンの写真は?」

「モサドがわたしたちによこすはずがない」ベリーがいった。

「ひどいな、マット」

「そうだな。連中はわたしたちを全面的に信じていない。この男の協力を得られるよう手配するのにも、かなり苦労した。パスワードを決めてくれ——きみたちが会う前に、わたしがじかにメールで彼に伝える」

「ジャネット」ウィリアムズはいった。卵巣癌《がん》で死んだ妻の名前だった。

「わかった」ベリーが、敬意をこめていった。「英語で伝える。手ちがいがあっても、たいがいのイエメン人には読めない」

「もっと詳しい話をするつもりはないんだろう?」ウィリアムズはきいた。

「ブラック・ワスプは、敵の勢力がきわめて強い地域へ行くことになる」ベリーがいった。「知っていることがすくないほうが——」

最後までいう必要はなかった。知っていることがすくないほうが、捕らえられた場合に暴かれることがすくなくてすむ。

「そこへ行ってから、わたしと連絡をとりたいときには、アミトの電話を使え——まあ、イスラエルの携帯電話のほうがずっと探知しづらい。それに、チェイス——」ベリーはなおもいった。「これだけはいえる。きみのようにサーレヒーを追跡している人間は、インテリジェンス・コミュニティにはほかにひとりもいない」

「彼らはなにをつかんでいるんだ?」

「国務省とイギリスの情報機関が、アンティグアにいて嗅《か》ぎまわっている」ベリーはいった。「ロシアから情報をもらったんだ——なにかのことで、ロシアはサーレヒーに腹を立てているようだ。しかし、その見かたは未確認だし、信頼できない。クレムリンはアナドゥイリの核取引について訊問《じんもん》するためにサーレヒーを捕らえたいのだと、ダウはいっている。とにかく、それが自家用ジェット機を撃墜できない理由のひとつだ。サーレヒーがそれに乗っているかもしれないと知っているのは、わたしたちだけだ」

「乗っているかもしれない?」ウィリアムズはいった。「それしかいえないのか?」

「きみたちはサーレヒーを目撃していないから、そういうしかない」ベリーはいった。

「きみだって立場が——」最後までいわなかった。「たしかに平行線をたどっているな。

だれもサーレヒーのいどころを確認できない段階で、早くも、見つかったときにどうするかという話をしている」

「それは、どういうふうにやつが発見されるかに左右されるだろう」ウィリアムズはいった。「サダム・フセインは、ティクリト郊外の穴で生け捕りになるのを望んだ。サダム・フセインの息子たちはモースルで戦いながら死んだ」

「ここも国土安全保障省の戦略心理分析課は、サーレヒーはクサイとウダイ・フセインとはちがうと判断している」

「ちがうだろう。サーレヒーは熟練の軍人だ」ウィリアムズはいった。

「サーレヒーは、エルメンドーフ・リチャードソン空軍基地発の攻撃で沈んだ船と、運命をともにしなかった」

「そのとおり」ウィリアムズはいった。「そうしないで、〈イントレピッド〉を炎上させた」

ベリーが、腹立たしげに口もとをゆがめた。「そういう断定的な分析はあまり意味がないし、当面の問題とは関係がない。わたしの考えでは、正直いって――きみもおなじだと思うが――サーレヒーが拉致《らち》されようが連行されようが関係ない。わたしたちはやつを殺したい」

ウィリアムズは、それに反論しなかった。

「それで、この話が終わったら、チームの事後聴取を行なえるように、ロヴェット将軍と接続する」ベリーはいった。「そのあいだにきみは休んでくれ。グアンタナモ湾のリーワード・ポイント・フィールドへヘリコプターで送り届けるよう手配する。そこから空路でサウジアラビアへ行く。現地の一般市民の服、現金、イエメン国境までの軍の護衛を用意する。そこでアミト・ベン・キモンが出迎える。質問は？」

「アミトはきみの配下なのか？　モサドだということはべつにして」

「完全にわたしの配下だ」ベリーがいった。「諜報特務庁《モサド》のわたしたちの友人のために活動するにあたって、巨額の現金を両替している」

「モサドに内緒で？」

「逆だ」ベリーはいった。「取引ごとに彼が手数料をとり、モサドのベンチャーキャピタル部とともに投資している。すべての当事者に利益がある」

オプ・センターでの仕事を通じてウィリアムズは、イスラエルのそのスパイ組織がサイバーセキュリティとテロリズムに対抗するスタートアップ企業に重点的に投資していることを知っていた。それによって非合法資金を調達し、最先端のテクノロジーを手に入れられる。

「現金を動かしているわけだな」ウィリアムズは考えをめぐらした。「ベン・キモンは、人間を輸送したことがあるのか？」

「わからない」ベリーは正直にいった。「だが、彼にはできないと思ったら、きみたちを彼のところへは行かせない。これに関して、わたしはキモンに報酬を払うつもりはない。きみたちがサーレヒーを殺《や》ったら、キモンのテルアヴィヴでの株は急上昇するだろう。キモンはイエメンに三年ほどいる。退屈でつまらない日常を一気呵成《かせい》に変えたいはずだ」

ウィリアムズには理解できた。CENTCOMにいたころ、タジキスタン、クウェート、ネパールなどの有志連合国と協力している不活性工作員の報告聴取に立ち会ったことがある。そういった聴取のときにかならず頭に浮かぶのは、〝燃え尽きた〟という言葉だった。健康診断の精神医学的な説明としては、〝偏執病的〟という表現がしばしば使われる。身分を偽装して暮らすのが困難であるだけではなく、自分がスパイしている相手に同情せずにいることも困難だった。ISISに潜入していたサウジアラビア人工作員ですら、戻ってきたときには、前よりもずっと過激な思想に熱意を抱くようになる。

その反面、ウィリアムズはつねづね、オプ・センターには潜入工作員が欠けていると思っていた。ＨＵＭＩＮＴ（人間情報［収集］）とＥＬＩＮＴ（電子情報［収集］）は、長年の宿敵同士だった。前者のデータがなかったら、サーレヒーのような人物は、無数のデジタル監視を潜り抜ける。この稼業では、勘が不可欠なのだ。

「それじゃ」ベリーがいった。「つつがない旅を祈る、チェイス。精密照準偵察についてわたしがすこし厳しすぎたようなら、申しわけない。トリニダードできみはすばらしい仕事をやった」くすりと笑ったが、あまり感情がこもっていないように聞こえた。「その時点でもまだ、きみたちは形勢を完全には把握していないというのが、わたしの見かただったがね」

　ウィリアムズはビデオ会議を終えた。行間に伝えたいことがあったのかどうか、ウィリアムズにはわからなかった。ひょっとすると、もっとじっくりやるべきだったのかもしれない。自分たちの電撃戦のような手法のせいで、サーレヒーは予定よりも早く出発したのかもしれない。それに、そう考えるのは、あながちまちがっているともいえない。この作戦はよくいっても俄作《にわかづく》りで、悪くいえば雑だったと、ウィリアムズは思った。

　ウィリアムズは自分にいい聞かせた。わたしたちがつつがない旅をするには、イエメンではもっとましなやりかたをしなければならない。

# 31

## イエメン、ザマール
## 七月二十三日、午後五時十九分

三年ほど前にイエメンに到着したとき、ベン・キモンが最初にやったのは、コーヒー農園で働いているティーンエイジの少女をレイプから救うことだった。完全な利他主義からやったのではなく、少女を襲った男がキモンと背丈と体つきがおなじで、その服と中国製のバイクを奪いたかったからだった。シートが古いラグ製で、ハンドルバーからぶらさがっている飾り房《タッセル》が陽に焼けて色褪《いろあ》せていたので、持ち主が荒い地形の北部を何年も走りまわっていたことを、だれも疑わないはずだった。

三十歳でハイファ生まれのキモンは、麻薬のカットを買うリヤールの札束を詰め込んだ大きなスーツケースを持ち、サウジアラビアの石油産業関係者に偽装して、二〇一六年五月にイエメンに来た。五百リヤール札で、十万リヤールあった。二万六千六百六十六ドルに相当する。キモンがそれを知っていたのは、アメリカ人の新しい友人のマット・ベリーに教わったからだった。ベリーは、そのリヤールが預金される銀行を突き止めるために、イエメンに現金を持ち込ませたのだ。

　取引は午前零時前に行なわれた。ある程度明るいが、何事もはっきりとは見えない半月の夜だった。それが終わると、ベン・キモンはイエメンに来るのに乗ってきたSUVに戻り、地平線に向けてゆっくり走らせて、サラワート山脈の麓《ふもと》の低山に達したところでとめた。そこでペットボトルに入れた仔羊《こひつじ》の血をシートにかけ、ドアやノブにも塗って、九ミリ口径弾を運転席側のドアに三発打ち込んで、SUVを崖《がけ》から落とした。だれかが発見したら――怪訝《けげん》に思ったとしても――運転手は車から逃げ出してどこかで死んだと推測するはずだった。SUVは分解されて部品が奪われ、それで片がつく。

　そのあと、ベン・キモンは短い顎鬚《あごひげ》をしごき、サンダルに慣れていてよかったし、足首まであるゆったりした白いコットンの服《サウブ》の風通しがいいのはありがたいと思いながら、歩きはじめた。キモンは任務開始の何週間も前からそういう服装をしていたが、被り物――ターキーヤという白いニットのスカルキャップ、その上に掛けるグトゥラという正方形のシルクのスカーフ、そのふたつを固定するアガールという黒い太い紐《ひも》を身につけるのは不快だった。ユダヤ教正統派の素朴なヤームルカのほうが重くない。しかし、父のヨシくらい敬虔《けいけん》だと、みずからに重荷を課す。ベン・キモンの父親はラビだったので、末息子の職業の選択に、あからさまに驚いた。しかし、『タルムード』学者になるくらいなら、テロリストと対決したいと父親にいえるほどベンは厚かましくなかった。そういえたら、「とにかくテロリストを撃つことができる」とつけくわえていたはずだった。

翌日の宵の口に、キモンはたまたま暴行の現場に行き合わせた。その男は少女の両腕を地面に押さえつけるのに熱中していて、キモンがそっと忍び寄っているのを聞きつけなかった。キモンに気づいたときには、男は格闘技のクラヴマガでよく使われる強力な締め技をかけられていて、始末するかとキモンが問いかける目を向けたときに少女が二度うなずいたのも見ていなかった。

少女は被り物を直して、服を手ではたき、お辞儀をしてありがとう《シュクラン》といい、走り去った。

ベン・キモンは、どのみちその男を殺していたはずだった。バイク、服、男が持っているかもしれない書類や家族の写真が、どうしても必要だった。イエメンで生活し、移動できる手段がほしかった。有名な政治家、ビジネスマン、外国人をバイクを用いた暗殺者が撃って逃走する事件が頻繁《ひんぱん》に起きていたので、イエメン政府はバイクの販売を制限し、入手が困難になっていた。

当時はそんなふうだった。困難な仕事を開始したばかりで、スリリングだった。上司を感心させ、同盟国アメリカとの関係を強化する見込みが残されていた——どこへ行ってなにをやればいいか、目的がはっきりしていた——それまでは想像もできないことだった。さまざまな形の未来が、そこからひらけていた。だが、ベン・キモンは、自分が会う人間すべての不信感に足をひっぱられることになるのを予想していなかった。それに、おおっぴらに行なわれている人身売買を目《ま》の当たりにするはめになった。国内でも海外でも少女が奴隷《どれい》として売られ、少年は堕落した年配の男の慰み者になる。キモンがマット・ベリーのために資金を洗浄するときには、ひとが殺される。貧しいイエメン人——中東やアフリカのいたるところでキモンが会ったあわれなひとびとすべて——が、現金をほしがった。どんなことをやりたいときでも、銃かナイフを持った貪欲《どんよく》な男がひとりいれば決着がつく。

だが、まっとうな女性がいないのが、ベン・キモンは淋《さび》しかった。ざっくばらんで、話好きで、社交的で、セクシーな女性。肉体的、精神的に叩《たた》きのめされておらず、イスラム法の解釈からすると恥知らずだと思えるような男との偶然の出会いを恐れない女性。サナアの政府は、女性の社会的地位を向上させるために、形ばかりの努力をしていて、ときには本腰を入れてみせることもあった。政府は女性啓発戦略とそれと組み合わせた健康開発戦略を創出したが、結局は執行できず、男性上位の硬直した社会もそれを受け入れなかった。キモンにとって最悪だったのは、正体がばれる危険を避けるために、イエメン人のように行動しなければならないことだった。あちこちに移動する危険な暮らしをつづけていては、だれかにいい寄ることなどできない――それに、どこかの時点で女や子供を置き去りにしなければならないとわかっている。もちろん、選択肢はほかにもあった。ほとんど毎日のように女を勧められた。ティーンエイジャーか、それより幼い少女のこともあった。性の奴隷として両親が売ったり提供したりすることも多い。彼女たちの目には苦しみが灼《や》きついていたし、みじめなひきつった笑みを見ると、相手にすることは思いもよらなかった。しかし、それよりも非道ではない選択肢もあった。そのため、キモンはついにくじけて、この一年間は、カタール出身の裕福なホテル経営者ヒシャム・ヌワスという第二の身許をこしらえていた。マット・ベリーが提供する現金を使えば、その偽装を維持するのは容易だった。現金をすべて使う必要はなく、強奪されないとわかっている相手に一部を見せればそれですんだ。三年ほどのあいだに、キモンはソマリア人難民との〝観光結婚〟と称する仕組みで、娼婦《しょうふ》を六度買った。イエメン人女性にとって売春は違法だが、買春のためにやってくる湾岸諸国の男たちを、政府は見て見ぬふりをしていた。そういう男たちは、大金を持ってやってくるからだ。

こういうたまの出会いは、男の生理に必要なだけで、感情のこもらないものだったが、性欲を満たすことで、なんとか仕事をつづけられるという面もあった――それに、自分の払った金でそういう貧しい女たちが子供に食べ物をあたえられると思うと、多少慰められた。そういったひとびとは、キモンよりも家族との絆《きずな》が強かったので、意外にも彼女たちの存在が懐かしく思えた。モサドはときどき新しい情報を送ってきて、キモンのきょうだいが結婚したとか、最初の子供が生まれたとか、母親が権威のあるダン・デイヴィッド賞の受賞者のひとりに選ばれたというような出来事を伝えた。この賞の賞金は百万ドルだった。その最新情報を知ったあと、キモンは火力発電所で働いている男から借りている部屋のベッドで夜通し横たわり、自分が富を得るのに選んだ道がまったく異なることについて物思いにふけった。考えれば考えるほど、自分は堕落していると思った。母親は歴史を教えている。自分は密輸物資を運び、ときどきひとの喉《のど》を掻《か》き切っている。

　三年あまりをこうやって過ごしてきたあと、キモンは自分の良心は粗野で疑り深く攻撃的な肉体的衝動の海で溺《おぼ》れていると感じていた。ここにいる限り、そこから脱け出す方法は見つからない。

　不幸なことにキモンは、情報特務庁《ハ・モサッド・レ・モディイン・ウ・レータフキディム・メユハディム》の訓練を受けるのを認められる前に――アラビア語のイエメン方言を学び、心理学と文化を徹底的に教え込まれ、遭遇するかブラックマーケットで買う可能性の高い武器すべての使用法や、発見されずにメッセージを送る方法を教わる前に――五年間、イエメンにとどまることに同意せざるをえなかった。やがて、数週間後に上司が、一年間の延長を条件にベリーと取引した。当時はきわめて賢明な交換条件に思えた。古い諺《ことわざ》で嘲《あざけ》られている。〝イスラエルで百万ドル稼ぐにはどうすればいいか？　資本金百五十万ドルで起業すればいい〟。若いキモンは、ベンチャーキャピタル投資によって、裕福になって帰国するはずだった。だが、六年の任期は最初からの予定だったのだと、あとでキモンは気づいた。ベリーは、たまたま話を持ちかけたのではない。おそらく、前にも自分のような人間がいたのだ。

　キモンは、それについて質問しなかった。自分の契約についてなんらかの質問をする方法はない。メッセージは、だれも盗もうとはしない旧式の二つ折り携帯電話に見せかけてある、トラックで轢《ひ》かれても壊れないくらい頑丈な高性能受信機に送られてくる。スクリーンはあらかじめひびをこしらえてあり、ひびの奥に強力な光ファイバーがあって、メッセージが送信されてくる一分前に大きなビーッという音が鳴る。三十秒前には二度鳴り、受信すると一分間スクリーンに表示されてから消える。キモンがバイクに乗っていたり、眠っていたりするときには、それを中断して受信機を取りにいくのに、間に合わなくなりかねない。ほんとうに古い機種だと思われるように、着信音は一九八〇年代のテレビゲームのものを使っている。たとえイエメンの匪賊《ひぞく》、テロリスト、腐敗した政府関係者が、信号を傍受するのに必要な先進的なテクノロジーを使用しても、通信がきわめて短時間なので、逆探知や追跡は不可能だった。

ベン・キモンは、モサドからの連絡よりもずっと頻繁に、ベリーからの連絡を受けていた。連絡があったときはつねに、現金を受け取るために、ジーザーンかそのほかの場所へ行くことになった。サウジアラビア人の伝書使は銀行家で、イスラエルの分け前をピンハネし、前回の取引のレウミ銀行ハイファ支店の受け取りを見せる。だが、今回の任務はまったく異なっていた。キモンはアメリカ人四人を国境まで迎えにいき、サナアに連れていく。キモンはたびたびそこを往復していたので、途中のカフェで顔を知られていた。同行者四人について作り話をこしらえるのは難しくない。ただ、彼らがここにくる理由が、合点がいかなかった。ヨーロッパ人やアメリカ人は、イエメンでは目に付く――顎鬚をはやしていないし、落ち着きがなく、地元の方言や俗語がわからないので、口数がすくない。来るのには重大な理由があるはずだし、どういう理由なのか、キモンには察しがついた。

アメリカ人は、イエメンのテロリスト指導者たちを無人機やときどき友人機で攻撃する。特殊部隊がここで活動しているとは思えない。地上の兵力が必要な唯一のターゲットは、地下掩蔽壕《えんぺいごう》にいるサーディーだけだ。それに、アメリカが急にサーディーに狙《ねら》いをつけるような理由もひとつしかない。ニューヨークでのテロ攻撃に関係したと見られたからだ。

だが、サーディーがそれに関係していないことを、キモンは知っていた。海運王が艦船を攻撃するわけがない。たちまち自分の船を報復攻撃され、商売に多大な損害をこうむる。

ちがう。アメリカ人がここに来るのは、アフマド・サーレヒーがここにいるからだ。それが事実なら、サーレヒーを捕縛するか殺害すれば、イスラエルにとってはたんなる正義の裁き以上の意味がある。自分がサーレヒーを仕留めれば、この地獄の穴での任期を一年か二年、縮められるはずだ。

アミト・ベン・キモンは部屋を出て、二四〇キロメートルの旅をいくぶんゆっくり開始した。自分たちの存在の噂がイエメンの情報機関に知られたときには、交通量の増加や公共の場で見張る外部の人間が集まることでわかる。イエメンの諜報員《ちょうほういん》は三人か四人で行動することを、キモンはこれまでの経験から知っていた――その人数ならたがいを防御できるし、自爆攻撃のターゲットにする値打ちはない。

早朝のきつい斜めの陽射しのなかで、アミト・ベン・キモンがバイクにまたがったとき、背後から飛んできた銃弾が脳を貫くのを、見たり、聞いたり、感じたりすることはなかった。

イエメン国防省テロ対策部隊《CTU》のバドゥル・アブ・ラフムは、カタール人に偽装し、莫大《ばくだい》な現金を運んで動きまわっていたイエメン人の死体の上に立ちはだかっていた。死んだ男はうつぶせに倒れ、一メートル近く離れた地面で、頭の一部がまだ揺れ動いていた。

「罪の代償だ」ラフムは思った――裁きではなく現実の問題として。イエメン人は分際を知らなければならない。売春窟《くつ》に足を踏み入れるべきではない。

湾岸諸国の男たちがセックスのためにイエメンに来たあとで、目的を果たしてまちがいなく出国するのを見届けるのが、ラフムの仕事だった。政府がその腐敗を容認しているので、スンニ派の反政府分子は入国して一般市民にまぎれ込むことができる。それを防ぐためだった。

三十八歳のシーア派諜報員のラフム――CTUに採用される前は、通訳になる勉強をしていた――は、二〇〇四年にシーア派《アンサール・アッラー》の神の支持者の反政府活動が開始される前からいる数すくない留任者だった。ほとんどの諜報員は抜け目なく指揮系統の上から情報を集めて共有していた。それを彼らは世俗的なバリケードと呼んでいた。大半がスラム街の出身なので、テクノロジーを進化させるよりも仕事を失わないほうが重要だった。ラフムの場合は、教育相と若い友人――ラフムの従兄弟《いとこ》で、急に大金を使うようになった――のホモセクシャルの関係のおかげで、大学へ行くことができた。国を出てできれば大使館に勤務するような仕事に就きたかった。しかし、父親が病気で、収入が必要だった。両親がともに働けないので、ラフムはいまの仕事をやっている。妻は幼い息子ふたりの世話で手いっぱいで、小規模な絨毯《じゅうたん》の売買も家計にはあまり貢献していなかった。

ラフムは、アルマンジル通りの爆撃で一部が壊れている集合住宅ビルの地階にある売春窟にこの男が行ってから、数週間ずっと見張っていた。親指の爪《つめ》ほどの大きさの追跡装置をバイクのフェンダーの下に仕掛け、距離を置いて、標章を塗りつぶしてある四輪駆動の軍用トラックで尾行した。サウジアラビアから現金が持ち込まれ、持ち出されていた。場所はいつもおなじで、ジーザーンにある地方空港だった。ラフムはそのスーツケースを見分けられるようになり、現金が詰め込まれていることを知っていた。今回、そこまで行けば、莫大な利益を得ることができる。両親を居心地のいい家に住まわせ、サウジアラビアの何者がイエメンに——おそらくスンニ派に——資金を提供しているかを突き止めることができる。

ラフムは、死んだ男の書類を調べた。写真がないのはごくふつうのことだった。わざわざ写真を撮るような機構はほとんどないし、どのみち本物の書類はめったにない。死んだ男の名前はヒシャム・ヌワスで、書類はすべて最新のものだった。ほとんど警備がなされていない国境を、ラフムは簡単に越えることができる。男の書類のなかに百リヤール札が二十五枚あったので、それも利用できる。ラフムは、銀行以外でそんな大金を目にしたことがなかった。すでに金持ちになったような気がした。

ラフムは、男の携帯電話もよく調べた。旧式でまったく役に立ちそうになかったが、だれかが電話をかけてきて、必要な情報がわかるかもしれない。自分の携帯電話を右ポケットに入れ、それを左に入れた。追跡装置をバイクからはずして潰《つぶ》した。国境の検問所で説明するはめにはなりたくない。

ジーザーンの空港でヒシャムが会うはずの男の外見を、ラフムは知っていた。それに、これまでのヒシャムの旅は、時間も長さもまちまちだった。それは気にならない。ラフムは辛抱強い男だった。ヒシャムがだれと会うつもりだったにせよ、今回その相手はバドゥル・アブ・ラフムと会うことになる。

# 32

キューバ、グアンタナモ
リーワード・ポイント・フィールド
七月二十三日、午後六時

ハツカネズミと人間についての引用は枚挙にいとまがない。人間が計画を立て、神か自然がそれを妨げるというような考察もある。そうはいっても、きのうの朝にチェイス・ウィリアムズがとてつもない想像をめぐらしていたとしても、サーレヒー大佐が核を手に入れて危機を引き起こすのを阻止するためにロジャー・マコードが活動したのとおなじ国に来ることになるとは、思ってもいなかったはずだ。

悲しく皮肉な成り行きは、きのうの朝までは、ウィリアムズのチームの経験豊富な要員がそういう作業をまさに担当していたということだった。彼らはさまざまな仮定に関して、ブレーンストーミングしていた。それでも、サーレヒーとその陰謀を見落とした。それだけでも大きな不安材料だったが、もうひとつ痛切な懸念《けねん》があった。オプ・センターが——他の情報機関よりもずっと注意を集中していたのに——サーレヒーを見落としたくらいだから、国務省、CIA、FBI、NROその他の機関はいったいなにを見落としているだろうと思うと、ウィリアムズは背すじが冷たくなった。

そのことを考えれば考えるほど、ロヴェット将軍が考案した仕組みに心底感心した。目に留まらないほど規模の小さい機動部隊で、任務が終わればそれぞれの兵種に戻って消滅する。チームのだれかが死んだときには説明できるような作り話を、将軍は用意しているにちがいない。サヴァイヴァル任務中に行方不明になったとか、墜落によって死んだとか、感染症で隔離されているといったように。

ベリーがイエメンに関する情報要報を送ってきたので、ウィリアムズは発信元だけ伏せて、それをチームに伝えた。大統領次席補佐官がなぜ軍事作戦を行なっているのか、その資金をどうやって調達しているのかという問題が浮上したら、ベリーは刑務所に送られかねない。ウィリアムズは基本的に、納税者が提供している数十億ドルを闇《やみ》資金にすることには賛成できなかった。国防兵站《へいたん》局へ行ったときに最初に口にしたのはそういう意見で、それはいまも変わっていなかった。

しかし、ベリーは根本的に高潔な男だと、ウィリアムズは確信していた。それに、だれもがいまも事件に翻弄《ほんろう》されているときに、わたしたちがここまで漕《こ》ぎつけたのは、ベリーの努力のおかげだ。

ウィリアムズは、自分たちが乗るC‐40C人員輸送機が給油され、自分たちが必要とする装備が積み込まれるのを見守った。C‐40はボーイング737‐700の軍用型で、ウィングレットをつけくわえ、きわめて高性能の航空機器《エヴィオニクス》多数を搭載し、構造や計器が改良されている。素人目には、機内はファーストクラスの広いキャビンと見分けがつかない。視察に訪れる議員や閣僚の送り迎えのために、軍は一機をつねにグアンタナモで待機させていた。ウィリアムズは、暑さをしのぐのにほとんど役に立たない旧式エアコンの風を浴びながらそこに立ち、ブラック・ワスプのような小部隊が直面するさまざまな危険について考えた。仮にイエメンのような危険地帯に送り込まれて生き延びることができたら――いまもまだ仮定の話だった――ロヴェットかその後継者がブラック・ワスプのことを大統領か上院議員に申し送りするのをとめる方法はあるだろうか？

外交面でも考慮しなければならないことが数多くある。隠れ家でサーレヒーといっしょにいたのが何者であるにせよ、空港まで送っていったことはまちがいない。その連中が戻ってきたら、駐車場で負傷している仲間ふたりと、階段で死んでいる仲間ふたりを発見するはずだ。ナヴェット川でも死者が出た。パラシュートにはどこの国のものかを示す標章はないが、目撃者が逃げるのを許した。トリニダード・トバゴのアメリカ大使館は、そういったことすべてについて、黙秘権を行使せざるをえないだろう。

なにも知らないのだから、あながち嘘《うそ》だとはいえないと、ウィリアムズは思った。

密輸業者を殺さずに見逃したことを、ロヴェット将軍はどう思うだろうかと、ウィリアムズは考えた。チームについての考えをロヴェットが明確に述べるとは思えないが、任務分析にその要素が大きな影響をあたえることはまちがいない。イエメンに到着する前に、追加の指示を受けることになるのだろうか。

イエメンでは情けをかけるような機会があるかどうかわからないと、ウィリアムズは思った。

ウィリアムズは先刻、事後聴取についてブラック・ワスプの各人と話し合わないように気を配っていた。それぞれが順番に、LCS艦内の秘密保全措置がほどこされた部屋へ行った——ブリーン、グレース、リヴェットという順序で。ウィリアムズが知っている限りでは、部屋の外で彼らが話し合うことはなかった。ウィリアムズはブリーンとだけ話をして、ＪＡＭのノートパソコンと携帯電話をワシントンＤＣに送る許可を求めてほしいといった。ブリーンが快諾し、ハイソン少佐がそれらを受け取って、ホワイトハウスの次席補佐官に送る手配がなされた。ブラック・ワスプの四人は、食堂で黙然と食事をして、そのあとでウィリアムズは腕を組み、顎を胸にくっつけて、居眠りしようとした。気づいたときには、艦載のＭＨ‐60シーホーク・ヘリコプターに乗って、途中で給油し、グアンタナモ湾へ向かう旅を開始する時刻になっていた。

ＬＣＳでチームはなにも話をしなかったが、かなり冷たい雰囲気だった。グレースとリヴェットは、すこし話をした――おなじ武器を所持し、取り扱っているので、その話をしているようだった――だが、ふたりはウィリアムズやブリーンとは話をしなかった。ブリーンとウィリアムズも話をしなかった。法と秩序に関わってきたブリーンは、おなじことを考え、おなじ懸念を抱いているのだろうと、ウィリアムズは思った。

ほどなく、四人をここに連れてきた飛行隊長が、三十分後に迎えにきた。筋骨たくましい若者で、遠くを見るような目つきだった。テロリストを運び入れ、運び出すのは、魂をすり減らす仕事にちがいない。彼らが拘束されているせいではない。ウィリアムズは、ある従軍牧師を除けば、ここの敵戦闘員を哀れむ軍関係者にはひとりも会ったことがなかった。魂がすり減るのは、憎悪の虜《とりこ》になるからにちがいない——捕虜からの憎悪を浴び、捕虜が信奉するもののせいで捕虜を激しく憎むからだ。

だが、それでも飛行隊長は、フォート・ベルヴォアで彼らを運んだ兵士とおなじ、プロフェッショナルの飛行機乗りだった。チームはじゅうぶんな注意を払われ、効率的に機内に案内された。

離陸後、機内に運び込んであった小型トランク三つを搭乗員があけた。服、辞書、旅行者用の会話集、メールで送られたファイルをプリントアウトした身許確認書類がはいっていた——国防兵站局でベリーが大量の書類を作成していることが判明した。携帯電話は基本的な型のものだった。スマートフォンかタブレットを使っているのを見られたら、盗難に遭いかねない。

グアンタナモに到着したときに四人は、アラブ風の衣服が大量にあるのを見つけた。長期間収監されている捕虜のぼろぼろになった服の着替えだった。収監されているのはほとんど男だったが、たまに女性も連れてこられるので、顔をあらわにするとぜったいにイエメン人に見せかけることができないグレースは、ニカーブ（目しか見えない黒い頭巾）を選ぶことができた。左右の視界が悪くなることは、気にならなかった。夜間の格闘戦でも有利に戦えるように、目隠しをして訓練することが多かったからだ。だが、暑くて息苦しいのはつらかった。グレースはすぐに練習をはじめ――全員におなじことをやるように勧めた。

「筋トレをやると、汗をかく」グレースの声は、ニカーブのせいで不明瞭《ふめいりょう》だった。「そのにおいを消すことはできない。服ににおいをつけられる」

あとの三人が賛成して、リヤードまで十三時間のフライトと、そこからジーザーンまでのチャーター便でのフライトに備えた。サウジアラビアではサルマン・アッサウド――強大なアッラージヒー銀行のリスクマネジャーというふさわしい地位の人物――が同行する。チームが搭乗員待機室にいたときに、ベリーがメールで伝え、ウィリアムズが口にしなかった質問に答えた。「プリンストン大学のルームメートで、男子スカッシュチームでプレイしていた」

アッサウドは当時からベリーのいまの財政活動の準備をしていたのだろうかと、ウィリアムズは思った。それに、長いあいだベリーと仕事をしてきたのに、どうしてこれに気づかなかったのだろうと、不思議に思った。

イエメンに潜入するのにはなんの問題もないはずだと、ベリーは請け合った。細かい手順を省いて高高度降下でイエメンに潜入することをベリーが提案しなかったのが、ウィリアムズには意外だった。あるいは、この決定にベリーは関与していないのかもしれない。

グレースがやったことのせいで、ロヴェット将軍がどんな形の降下にも及び腰になったのかもしれないと思った。

ベリーの諜報活動の範囲がそこまで及んでいるとは、思いもよらなかった。もしかすると、わたしの人事情報のレーダーには盲点があるのかもしれないと、ウィリアムズは結論を下した。そう思うとがっかりした。やれやれ、CENTCOMを離れるべきではなかったのかもしれない。

そんなことを考えている場合ではない……それに、自分は熱心なカトリック教徒ではないとはいえ、罪のあがないの余地はつねにあると信じている。そう自分をいましめた。それに注意を集中しなければならない。

リヤードに着陸するのは午後二時三十分だと、ウィリアムズは全員に念を押した。それまでにできるだけ睡眠をとるつもりだといった。グアンタナモを発《た》ってから三十分後に、ブリーンはすでに眠っていた。あとのふたりもそうすると答えた。

全員が休息を必要としていた。

# 33

イエメン、サナア
七月二十三日、午後三時十分

ヴィンセント・ローリー・ジェイムズがスマートフォンでサーディーに連絡してきたとき、まず朗報から伝えた。

真っ暗なスクリーンに向かってヴィンセントは、サーレヒー大佐をジェット機まで無事に送り届け、ジェット機は何事もなく離陸したと報告した。

「しかし、ふたりが殺され、ふたりが負傷した」ヴィンセントはいった。「おれたち三人は、べつのタクシーに乗り、時間をずらして、妨害もなく戻った。攻撃してきた連中は逃げたあとでした」

タブレットを持っていた若い女が、ヴィンセントの言葉を通訳したが、サーディーはいつも、報告する男たちの顔を見るようにしていた。どれほど強そうなのか？　どれほど怯《おび》えているのか？　どこまでほんとうのことをいっているのか？　この男は単純だから、ごまかせないだろう。

「アメリカ人はどうやってビルにはいり込んだ？」サーディーは、通訳を介して質問した。

「救急車に乗ってた」ヴィンセントがいった。「おれたちが使っている医者のところから盗んだんだ。手がかりがあるかもしれない……警察が調べてる」

「手がかりはないだろう」サーディーは悲しげにいった。「いまさら皮膚や髪の毛が見つかっても、なんにもならない」

ヴィンセントには答えられなかった。言葉を失い、間抜け面をしていた。

「おまえはどこにいる？」サーディーはきいた。

「アパートメントにいる、警察もいる——おれの知り合いです。襲撃されたと説明した。沼地でも銃撃戦があり……アメリカ人が犯人だと、警察は考えている」

「これはノートパソコンからの連絡ではないな」

「はい。屋上でスマホからかけてます。あの……ノートパソコンは、なくなっていた。携帯電話といっしょに。秘密保全のために、全員の携帯電話を取りあげてあったんです」

サーディーは、ノートパソコンのことはあまり心配していなかった。さまざまに順番を変えて、サーディー海運の船やブイを経由しているので、ここまで逆探知するのはほとんど不可能だった。この通話も、ベネズエラのタンカーまでしか追跡できない。サーディーがもっと心配していたのは、作戦が不注意だったことだった。JAMはサーディーが資金を提供している数多い外国のテロ組織のひとつにすぎないが、これまでは信頼できることを実証してきた。おおぜいの若者がトリニダードを出て、ISISに参加している。戻ってくるのはごく少数なので、これからJAMの再建には何年もかかるはずだ。

「そのアメリカ人たちの身許を知りたい」サーディーはいった。「監視カメラがあるだろう」

「車庫と廊下に——ぜんぶ破壊されてました」ヴィンセントがいった。額が汗でギラギラ光っていた。

「録画された最後の画像がほしい」サーディーはいった。

「わかりました」

「もうひとつ」サーディーはいった。

「はい」

「おまえは重要な資産《アセット》を失うところだった」サーディーはいった。やけにやさしい口調に変わりはなかった。「われわれの隠れ家は……もう隠れ家には使えない」

「そうですね」

「命拾いしたかったら、好きな指を選んで嚙《か》み切れ」

ヴィンセントは、黒い心臓が奥に見えるとでもいうように、黒いスクリーンを見つめた。なにかいいたいようだった。口が動いたが、言葉は出てこなかった。ヴィンセントは左手をあげて、薬指を口の奥に突っ込んだ。躊躇《ちゅうちょ》せずに嚙んだ――勇敢だったからではなく、その逆だった。やる勇気を失うのが怖かったのだ。きつく嚙んで、歯をギリギリと動かした。さらに力を込めた。顔がゆがみ、喉からしわがれた声が出た。柔らかい組織は思ったよりも抵抗がなく、指と手をつなぐのは皮膚と腱《けん》の切れ端だけになった。強く嚙むと指がちぎれ、ヴィンセントは手をおろすと同時に、嚙み切った指を吐き出した。ハンカチを出して傷口に押しつけるために、スマートフォンを下に置いたせいで、画像が揺れた。それが済むと、ヴィンセントはスマートフォンを拾いあげた。

「指を持って、外科医へ行け。きょうはもうおまえに用はない」サーディーはいった。

「もう一度失敗したら、おまえと両親を生きたまま焼き殺す。わかったか？」

痛みのあまり涙が出るのをこらえて、ヴィンセントが激しくうなずいた。

サーディーは顎を小さくしゃくって通訳に合図し、通話を切らせた。

サーディーは木の椅子から立ちあがり、大きなチベットの歌う鉢を円形に囲んでいるクッションのほうへ行った。クッションをひとつ選んで、端に革を撒《ま》いてある短いオークの棒を持ち、そのリン棒で目の前の鉢を叩いた。瘦《や》せた体に鈴音が反響した。五分のあいだ、音が消えるたびに、サーディーは叩きつづけた。電話のあいだに溜《た》まった悲観的な気持ちが消滅した。精神が清められ、意識がはっきりした。サーディーは、椅子の横でずっとひざまずいている通訳のほうを見た。頭を下げ、黒いヒジャーブの端を顎の下でゆるく結び、まっすぐに垂らしていた。サーディーの好みどおりに。

「来い」サーディーはそっといった。「機器を持ってこい」

通訳の若い女が、タブレットを持ち、顔をあげずに立ちあがって、部屋を横切った。カイロルブナは、サーディーが買った奴隷のなかで、もっとも恵まれた境遇だった。女性がで教育を受けたが、おろかにも病気の母親に会うためにサナアに帰ってきた。女性が教育を受けるのは禁じられていないが、両親は娘の貞操を心配して、男女共学の学校に戻さなかった。そこには男性の教師もいる。教育を受けていない女性が多いために、女性教師は絶滅したのだ。ルブナは、語学教育を受けていた——イエメンではきわめて貴重な技倆《ぎりよう》だった。そのために父親に売られたルブナは、その金で母親が医療を受けられることに慰められているかもしれない。

ルブナは、先ほどおなじように、サーディーの前でひざまずいた。サーディーは右手に残っている三本の指をのばし、柔らかくなめらかなシフォンをなでおろした。その行為により、男と女が古代とおなじ強い絆で結ばれるのが感じられた。それによってサーディーの安らぎは完全なものになった。

トリニダード人のいうとおりだ。あわてて実行されたとはいえ、任務の主な部分は成功だった。

「飛行機の航路が見たい」サーディーは、ルブナに命じた。

ルブナが世界地図を呼び出し、自家用ジェット機が南大西洋をほぼ横断していることを示した。サーディーはにやりと笑った。ジェット機は、アメリカの第4艦隊がイルカの群れのように徘徊《はいかい》している水域を通り過ぎていた——情報はつかむだろうが、やつらにはなにもできない。乗客の身許がワシントンＤＣに知らされたとしても、手出ししないことが決断されるはずだ。

いまのところはだが、とサーディーは思った。

サーディーは、敵を見くびるつもりはなかった。アフマド・サーレヒーを発見するくらい狡知《こうち》に長《た》けていたし、追跡をあきらめはしないはずだ。彼らはサーレヒーの経路をたどるだろう。サナアまで追い、さらにここまで追ってくるはずだ。

これらの戦利品から目をそらすための手を打つ必要がある。

最初の行動は、サーレヒーがやった。つぎのモントリオールでの行動は、サーディーがやった。

順序を乱して悪かった、大佐。サーディーは、冗談めかして、心のなかでつぶやいた。

「ルブナ」サーディーは小声でいった。「イブラーヒーム・アブドゥッラーと連絡をとりたい」

# 34

イエメン、アデン
七月二十三日、午後三時二十六分

イブラーヒーム・アブドゥッラーが会得した戦術の起源は、配下がよく見ていたビデオだった。すべて戦士の配下は、ブラックマーケットで売られる映画の武術に魅入られていた。ブルース・リー、ジャッキー・チェン、ジェット・リーの映画――それに、サムライやニンジャを描く日本映画。

ぼやけたVHSや海賊版DVDを彼らの肩越しに見るとき――オクスフォード大学で学んでいたときには知らなかった映画だった――アブドゥッラーはニンジャに魅力を感じた。刀や短刀や槍《やり》の腕前は重要だが、成功の鍵《かぎ》を握るのは、そういったことではなかった。肝心なのは隠密性だった。音もなく動くだけではなく、音をたてずに拷問し、殺す。
四、五年前にフーシ派が勢力を強めたときがそうだった。いまでは、ベテランも新兵も、その方針を維持している。
夜が終わりに近づいたころ、アブドゥッラーと男四人は、闇のなかで待っていた——喪中の女の装いだというのも意に介さず、黒い寛衣を着て、黒い頭巾《ずきん》で顔を覆っていた。暗い桟橋《さんばし》で散開し、明るくなったら積み込まれる予定の木箱の蔭《かげ》に隠れて、たがいの姿を視界に捉《とら》えていた。彼らが使うのは、日本の戦士の武器ではなく、自分たちの道具だった。針金、銃、目をえぐるために先端を取り除いて縁を剃刀《かみそり》のように鋭く削ってある指貫。数夜の偵察で、これがターゲットの通り道だとわかっていた。自転車に乗った若者が毎晩おなじ時刻に、おなじ場所、おなじ道を通っているから、通信文を運ぶ伝書使にちがいない。スパイがサウジアラビアの諜報員に当てた報告書を持っているのでなければ、ひそかに行動する必要はないはずだ。

伝書使そのものは、重要ではない。金で雇われているだけだろう。そうでないなら、どちらかの側にくわわって戦っているはずだ。だが、伝書使が通信文を受け取る人間と、届ける人間は、アブドゥッラーにとって重要だった。敵勢力を弱めることが、アブドゥッラーのチームの任務だった。イエメン人でも神の支持者《アンサール・アッラー》でもない人間すべてが敵だった。

自転車に乗った若者が来る時刻の三十分前に、チームは到着した。それぞれの位置について、待った。油を注《さ》していない車輪がきしむ音が聞こえて、若者がやってきたことがわかったとき、だれが最初に行動するかがはっきりした。チームのなかで体がもっとも大きく、肩幅の広いシャーフルが、それを引き受けた。アブドゥッラーは全員に、若者を叫ばせることなく、自転車が道路でガタンという音をたてないようにして捕らえるよう指示していた。若者が通り過ぎるまで待ち、体と太い腕で左うしろから絞めつけることで、シャーフルがその両方をやってのけた。

べつの戦士がすぐさま駆け出して、シャーフルの腰に乗っていた自転車をつかむと、シャーフルは若者の体を持ちあげて口を手でふさぎ、コンテナの蔭の暗がりへうしろむきに運んでいった。口を押さえているシャーフルの手の下で叫んでいる若者を、あとの三人がすばやく囲んだ。ひとりが若者の欧米風ズボンのポケットから飛び出しナイフを奪った。もうひとりが、もがくのをやめさせ、叫び声をうめき声にするために、下腹を強く殴った。三人目がかがんで若者のサンダルを脱がせ、右足首のでっぱっている骨のすぐ下に針金を巻きつけた。針金の両端をねじってこしらえた輪に鉛筆を差し込み、そのままにした。

パニックを起こした若者は、まだ直立した姿勢のままで、足が地面から離れ、鼻から息を吸っていた。体重の軽い若者の体は、シャーフルの腹に支えられていた。

アブドゥッラーが、若者に近づいた。若者が目を丸くするのがわかった。どういう目に遭うにせよ、もう終わりだと思っているのだ。若者の目が、アブドゥッラーの両手を捜し、そこで視線をとめた。アブドゥッラーは両手をあげて、武器を持っていないことを示した。だが、若者は緊張した目つきのままだった。

「あなたの上に平安がありますように《サッサラーム・アライクム》」アブドゥッラーはいったが、若者の上に平安がないことは明らかだった。

若者がなんと答えたにせよ、シャーフルの肉厚な手に吸収された。

アブドゥッラーは、若者のがんばりに笑みを向けた。「これからおれがいうことがわかったら、うなずいてくれ」さらにいった。「わかるな?」

若者がうなずいた。

「たいへん結構」アブドゥッラーはいった。「おれが命令すれば、おまえの足首に巻いた針金が締まる。そうなったら、おまえは右足をなくして、暮らしを立てられなくなる。そのあとは右手だ。そうすると働けなくなり、物乞《ものご》いをするしかない。出血で死ぬことはないだろう……だが、死ぬかもしれない。わかるな?」

若者が、シャーフルの手をふりほどきそうなくらい激しくうなずいた。

「それよりもっといいことを提案しよう」アブドゥッラーはつづけた。「おれの質問に答えれば、解放するだけではなく、金もやる。おれたちのために働け。わかるな？」

若者がまたうなずいた。アブドゥッラーは、シャーフルに手を離すよう合図した。シャーフルが徐々にゆっくりと指の力を抜いた。できるだけ静かにあえいだだけで、若者は声を出さなかった。フーシ派の指導者のアブドゥッラーは、掌《てのひら》をあげた。若者は協力する態度で——耳を傾けていた。

「おまえの姓名は？」アブドゥッラーはきいた。

「ムーサー・バシャです、閣下《ラップ》」若者が答えた。

戦士の族長に対する昔ながらの敬称だった。若いが世知に長けている。

「ムーサー」アブドゥッラーはいった。「おまえが運ぶ情報の発信者の身許を、ささやき声でおれに教えろ」

「閣下」若者がいった。「裏切ったら妹を拉致してリヤードに売ると、おれの雇い主たちがおれと両親にいったんです」

「そいつらにはばれない」アブドゥッラーは約束した。「だが、手足をもぎとられるか死んでいるおまえがここで発見されれば、おまえが口を割ったとそいつらは判断して、だいじな妹を拉致するだろう。ちがうか？」

若者はたいして考えもしなかった。発信者はスンニ派の言語学者だと、すぐに答えた。名前は知らないが、アデン大学のどこで何時に会うかを教えた——会うのは午前零時だ。通信文を受け取るサウジアラビア人の名前は知っていた。封筒を渡すときに、船乗りのひとりが名前で呼んだからだった。マフディー。一度だけ会ったことがあるので、ムーサーはその男の特徴を教えた。

アブドゥッラーは若者に礼をいって、細い指に一リヤール札を何枚か押しつけた。

「また会ったときには、もっとやるが、あらたな収入源については、父親以外のだれにもしゃべってはいけない。それに、用心深く使え」アブドゥッラーはシャーフルに、ムーサーをおろして針金をはずせと合図した。配下にひきかえすよう命じてから、自分の目を見せるために、暗がりから出た。「つぎにいつどこで会うかは教えない」アブドゥッラーはいった。「ここであったことをだれかに教えたら、おまえはひどい目に遭うだろう」

ムーサーがいった。「閣下、おれの家族はシーア派です。子供のころからひどい目に遭ってきました」

イブラーヒーム・アブドゥッラーは、携帯電話を持ってこなかった。配下の四人もおなじだった。アッラーのために戦っている戦士でも、負けることはあるのだ。

午後まで睡眠をとったあとで、アブドゥッラーはメッセージを確認した。秘密保全のために、メッセージはめったに来ない。今回も一件だけだった。アブドゥッラーはただちに折り返し連絡した。通話はきわめて短かった。ほとんど相手が話をして、アブドゥッラーはもっぱら聞いていた。

電話を終えると、アブドゥッラーは唾《つば》を吐いた。一度ではなく、二度も吐いた。三度目を吐けるほど唾液《だえき》があればいいのにと思った。アブドゥッラーのサーディーに対する憎悪は、神の支持者《サンサール・アッラー》がサーディーの資金を必要としていることとおなじくらい強かった。見解がちがうからではない。どちらもシーア派で、預言者ムハンマドの女婿アリーがムハンマドの正統な後継者だとして、その後の三代の継承者《ハリーファ》を認めていない。サーディーの信仰は奥深い。だが、サーディーは勇気ではなく相続した金を武器に使っている。それに、戦士や政治家だけではなく宗教指導者も、その金を必要としているので、サーディーはまるで最高指導者《カリフ》のようにふるまっている。だが、真のシーア派や、すべてのイスラム教徒は、信仰と勇気にくわえて、謙虚さを備えていなければならないのだ。

おれは毎日、あるいは毎時間という単位で生き延びていると、アブドゥッラーは思った。いっぽうサーディーは、将来の計画を立てることができる。そういう恵まれた人間は、前線の男たちにもっと敬意を払うべきだ。

アブドゥッラーは、配下に見られたり話を聞かれたりするところでは電話せず——唾も吐かなかった。配下全員を信頼していたが、拷問を受ければきわめて忠実な戦士でも口を割ることがある。それに、宿敵のサウジアラビア人やスーダン人は、拷問の専門家だ。

アブドゥッラーの部隊は、ほとんど無法状態の国で暮らす危険も含めて、軍隊としてつねに存続の危機にさらされていたが、三十九歳の神の支持者《アンサール・アッラー》武装勢力指導者のアブドゥッラーは、長年生き延びてきたので、戦士たちのあいだでは〝おやじ〟と呼ばれていた。アブドゥッラーが仲間の野戦指揮官の大多数よりもずっと長い歳月を生き抜いてきたのは、彼の襲撃が大胆で予想しづらいからだったが、シーア派が勝利を収めた暁《あかつき》には自分が最年長でいるはずだという確信のなせる業《わざ》でもあった。

伝統的な白い寛衣の上に欧米風の黒いブレザーをはおった禿頭《とくとう》のアブドゥッラーは、サーディーから電話がかかってくる前に、兵力二百人の戦闘部隊から七人を選抜していた。全員で銃にオイルを差して、クリーニングした。副司令官のハーリドはかつて、銃はビーチを歩くときの靴よりも砂まみれになるといったことがあった。

アブドゥッラーの部隊は、サーディー海運がさまざまな権益を握っているアデン港のホウルマスカル地区を根拠地にしていた――アブドゥッラーとその配下用の簡易べッドやイランが供給する武器と通信機器を置いてある倉庫もあった。サーディーの倉庫は、四年前からアデンを占領確保しようとしているスンニ派ハンバル学派のサウジアラビア人が支援するスンニ派部隊を攻撃する際に、アブドゥッラーの部隊の隠れ家に利用されていた。サーディーはイランとも友好関係にあり、イラン発もしくはイラン着の合法的な貨物と違法な貨物の輸送も引き受けていた。

イブラーヒーム・アブドゥッラーは、サーディーが大義にとって重要な人間だということは理解していた。だが、現在の計画を中止して、翌日の午後三時ごろにフダイダ国際空港に到着する予定の自家用ジェット機を迎えにいけと、サーディーに命じられた――頼まれるのではなく、指示されていた。そして、その乗客を倉庫に連れてきて、入用を満たし、最終的に紅海のアルフダイダ港に停泊しているタンカー〈アル・ワーディー〉に送り届ける。その準備が整うまで、倉庫で待機する――敵の特殊部隊チームの攻撃に備える。

サーディーが教えた情報は、それだけだった。当然ながら、サウジアラビアのためにスパイ活動をやっているスンニ派学者を見張るためにアデン大学へ行く暇はない。その男は数日生き延びて、そのあいだ反逆行為をつづけることができる。

アブドゥッラーは、新たな任務に三人連れていくことにして、教授の行動の監視はあとの四人がひきつづきやるようにと命じた。四人は教授を暗殺したいとアブドゥッラーに嘆願した。だが、彼が練っていた計画では、教授の暗殺には八人が必要だった。大学付近ではサウジアラビアの手先が厳重にパトロールしているし、たとえシーア派でも、大学生の忠誠心は当てにならない。配下が無用の危険を冒すことを、アブドゥッラーは許さなかった。

アブドゥッラーに反論するものはいない。アブドゥッラーに従っている人間は、ぜったいに反論しない。アブドゥッラーが怖いからではなく、反駁《はんばく》の余地がないほど敬意を表されているからだった。サーディーの富と、アブドゥッラーのような男の攻撃的な戦術のおかげで、フーシ派はイエメンの食料と石油のブラックマーケットを支配していた。それが強大な力の基盤になっていた。そのおかげで、フーシ派はイエメンで合法的な権力をかなり確保することができた。現場の敵諜報員を始末すれば、完全な支配力をものにできる。

だが、その前にムハンマド・アビード・イブン・サーディーの友人もしくは仲間のお守りをしなければならない。アブドゥッラーは心のなかでつぶやいた。

アブドゥッラーは、武器のクリーニングを再開した。自分が立案に関与できず、配下の命を危険にさらすおそれがある計画を引き受けたせいで、自責の念に囚《とら》われそうになるのをこらえた。

その乗客が、危険を冒す甲斐《かい》がある人物であることを願った。

# 35

ワシントンDC、マクマーク・レジデンス
七月二十四日、午前二時一分

「わかっているだろう」ミドキフ大統領が、電話でしわがれた声でいった。「きみがやっていることは、きみの顔の真ん中で爆発するだけではなく、わたしの政権までぶち壊しかねない」

マット・ベリーは、午後十時四十五分にオーヴァル・オフィスを出ていた。帰宅する途中で重要な用事を足したが、その前はずっとオーヴァル・オフィスにいて、オプ・センター2・0と名付けている活動を大統領にすべて説明した。

「〝セマンティック・バージョニング〟（ソフトウェアのバージョンを数字で表わす方法のひとつ）は勘弁してほしいね」ベリーがブリーフィングを開始すると、疲れ切った大統領がいった。

ベリーは、楽観的な話をした。事態を掌握《しょうあく》している、と——じっさいにそう感じていた。掌握できない部分は、未来だった。大統領にも、それがわかっていた。

「ヒューレットにどういおうか？」ミドキフがきいた。

国土安全保障省長官のエイブ・ヒューレットのことだ。ジャニュアリー・ダウは腹を立てているが、大統領はヒューレットをサーレヒーに関してつかんだ情報すべての窓口に指名した。ジャニュアリーが受け入れがたいことだからこそ、ミドキフはあえてそういう措置を講じたのだ。ジャニュアリーはこの作戦を自分のものにしようとして、あからさまに強引に策略をめぐらす傾向が強すぎる。そのことしか考えていないので、任務自体がおろそかにされているように見受けられた。

「いまはなにもいわずにおきましょう」ベリーはいった。「わたしたちは四人の人間を危地に送り込んでいます。情報漏洩《リーク》は彼らの命を奪い、サーレヒーを逃すおそれがあります」

当面そうしようと、大統領はそのときには賛成した。それによって、なにはともあれ、各省庁にもそれぞれの情報を分析して焦点を絞る時間をあたえることになる。できれば、ウィリアムズとそのチームとおなじ結論に達するのが望ましい。

だが、ミドキフはあれから一時間、負の影響について考え、まずいことになると迷いはじめていた。

大統領が電話をかけてきたとき、ベリーはDLAのはした金で買った新しいソファに腰かけていた。外出着のままテレビの前で座り、目と頭をぼんやりさせるために、家の改築の番組を見ていた。消音の状態で、目を丸くしたまま、画面を見つめていた。

「大統領、わたしたちには、これがはじまったときとおなじ目標ふたつがあります」ベリーは、最高司令官である大統領をなだめなければならないときに使う、抑揚のない安らかな低い声でいった。「第一の目標は、サーレヒーを捕縛するか殺すこと。現在はターゲットが向かっていると考えられるところへチームが行く途中であり、この目標を達成できる最高のチャンスを手にしています。彼らはボールを持ってディフェンス側陣地にはいり込み、しかも敵プレイヤーは視界内にいない」フットボール好きに訴えかける言葉で説得しようとした。「わたしたちがことさらに騒いだら、やつは姿を消すでしょう。わたしたちの第二の目標は、ロヴェット将軍の実験、ブラック・ワスプに成功のチャンスをあたえることです」

「きみはチェイス・ウィリアムズと親しい」ミドキフはいった。「それにどれくらい影響されているかな?」

「率直にいって、大統領、もっと強い影響を受けるのがふつうでしょうが、そうではありません」ベリーは正直にいった。「これまでのところ、彼を信頼してブラック・ワスプの頭にしたことに、ウィリアムズは応えてきました。考えてみてください、大統領。彼らは計画なしでトリニダードに潜入して、脱出しました――四人だけで。そのうちのふたりは、年齢からいって青二才です――しかも、わたしたちの情報網すべてが入手できなかった、即動可能情報を手に入れた！　いまのところ、彼らの独立性が、この件ではわたしたちの最大の資産です。彼らは事象が起きてから追跡するのではなく、リアルタイムで足跡をたどっています。これはまったく新しい戦術ですから、大統領、違和感があるのもわかります」

「きみは懸念していないようだが、チェイスに関しては懸念すべきこともあるだろう？」ミドキフがきいた。

「チェイスは軍の伝統主義者で六十歳です。それが民主主義的に運営されている特殊作戦部隊を動かしています」ベリーはいった。「このための訓練を受けていません」

「くそ、マット、わたしがいちばん懸念しているのは、その部分なんだ」ミドキフはいった。「彼はすでにボールを一度落とし――」

「それにより、二度とボールを落とさないことが、彼にとってきわめて重要になりました」ベリーはいった。「つまり、大統領の質問に答えるなら、わたしが懸念すべきなのは、そのことです。サーレヒーを斃《たお》すためなら、彼は自分の命すら引き換えにするでしょう」ベリーは、ひどくぴっちりしたショーツをはいた女が壁の漆喰《しっくい》を塗るのを見て、テレビを消した。「それに、わたしはそれでもかまわないと思っているのが本当のところです」

大統領が黙り込んだ。ベリーは、大統領の一瞬の沈黙すら読みとれることに困惑した。これは口から熱い息を吐く、確信が持てないミドキフや、計画をべつの方向に進めることを決断し、鼻から炎を吐いているミドキフではなく、口でゆっくり呼吸している、いらだち、考えにふけっているミドキフだった。

「わかった。この隔離状態を——そうだな、何時間つづけるのかね？」大統領がきいた——ベリーが予想していたとおりに。

「輸送機は、サウジアラビアの現地時間で午後四時三十分ごろに着陸します。こちらの時間で午前八時三十分です——わたしの連絡員と、できればチェイス本人から連絡があったあとで、正午にもう一度再検討しましょう」

「それなら承服できる」ミドキフはいった。「だが、半日ごとに〝再検討〟するのは容認できない。ただちに大幅な展開がないとしても、厳しい報道規制は、あすのどこかの時点でやめざるをえないだろう」

ベリーは、タブレットを取り、ファイルをスクロールした。「先月、ワスプ・プログラムの準備状況の最新情報を聞くためにロヴェット将軍と会ったときに、将軍がいったことを憶えていますか？」ファイルをあけて、黄色い印がつけてあるメモまでスクロールした。「チームはハマーみたいに燃料を消費する。迅速《じんそく》に結果を出すか、まったく出せないか、どちらかだと」

「憶えている」ミドキフはいった。

「どちらにしても、これには長くはかからないと思います、大統領」

このプログラム、この手法の背後に、マット・ベリーのような高級官僚だけではなく、軍上層部の将官がいることを指摘され、ミドキフはほっとして息を吐いた——緊張は消え、針路は維持された。

「わかった、マット。きょうの状況のせいだ——予想外だったし、しくじるわけにはいかない」

「しくじりませんよ」ベリーは請け合った。

大統領が電話を切り、ベリーはまたテレビを見た。自分を鞭打《むちう》つかのように二十四時間ニュース・チャンネルに合わせて、〈イントレピッド〉の報道を眺めた。どういうわけか、全員一致でこの事件を〝女王への暴行〟と呼ぶようになっていた。〝生々しい映像なのでご注意ください〟という但し書き付きで、おなじおぞましい映像が繰り返し流された。

「あんたたちはこれを食い物にしている」ベリーは非難をこめてつぶやいた。

街路の俄《にわか》作りの慰霊碑の画像もあった。花束、メモ、セーラー服姿のテディベア。艦艇や海軍基地でも追悼式《ついとうしき》が行われている。それから——避けられないこととはいえ、モントリオールの虐殺の〝生々しい映像〟警告が、数分ごとに流れた。殺されたパキスタン人幼児アムナがベビーベッドに寝ている写真が、父親から提供され、その日の悲劇を象徴する格好の画像になっていた。アンカーとレポーターは、アムナが〈イントレピッド〉の事件の犠牲者ではなく、テロリストのアキーフ博士の孫娘だということを指摘するのをやめていた。

泣いている遺族、被害者の近所の呆然《ぼうぜん》としている住民、攻撃を目撃した自転車のメッセンジャーやタクシー運転手や通行人のインタビューもあった。そして、もちろん有識者も登場していた。テロの専門家の何人かは、アラスカ沿岸沖のイラン船に対する無鉄砲な軍事行動によって、アメリカがみずから引き起こした事件だと述べていた——彼らはそれがどういう軍事行動なのか知らないので、真相をこれ以上暴露することはできなかったが。ひとりの女性評論家は、イラン政府の説明どおり、合法的な理由からイラン船はそこにいたのだとして、アメリカ政府を非難した。

「イラン船は、アラスカ州チャイニアックの一五五海里沖で起きた海中の地震を研究するために、地質調査を行なっていた」とその女性は唱えた。

〝くそったれ〟とベリーは心のなかでつぶやいた。

つぎに情報と軍の専門家が順番に発言し、なにも目新しいことはないので、これまでと変わりはないと述べた。攻撃が予定された場所を明らかにするグーグルマップについて説明し、攻撃がいかに行なわれ、テロリストがどうやって逃走したか、三人のうちのふたりがどこへ行ったかを推理した。

「地獄へ行ったんですよ」ひとりのアンカーがいった——ベリーがいいと思った発言は、それだけだった。あとの連中は、すべてでたらめな憶測を口にしているだけだった。

「サーレヒーはイランへ行くだろう。犯人引き渡しを求めなければならない……」

「サーレヒーは、イギリスかオーストラリアのイラン人コミュニティに行く。五つの自治体のいずれかに。さもないと、発見され、逮捕されるはずだ……」

当然ながら、〝なにがつぎに起きるか〟についての憶測もあった。あらたな攻撃はどういうものか、軍の対応はどういうものか、経済制裁はどのようなものになるか。

さらに、〝サーレヒー捜索〟についての最新情報もあった。といっても、防犯カメラの画像や、フォックス・ニュースが見つけ出したブリッジに立っているサーレヒーの十年ほど前の写真をネタに説明するだけだった。

「こういう緊急事態の最中に、わたしはオーヴァル・オフィスにいたことがあります」そういった元国家安全保障問題担当大統領補佐官がホワイトハウスにいたのは遠い昔のことなので、造船所で写されたサーレヒーの写真よりもなお古い彼の写真が使われていた。「足跡は古くなり、追跡はもはや失敗です」その男がいった。「アメリカには勤勉な情報機関があるのに、今回彼らはボールを落とし、乾草のなかから一本の針をすばやく見つけるような仕組みもない。システムが巨大すぎるんです」

ベリーは、テレビを切った。こういうけばけばしく騒々しく馬鹿《ばか》げたメリーゴーラウンドが付いて回る事件の渦中にあるのは、不愉快きわまりなかった。テロ行為そのものが神経に障るだけではなく、恐怖を売り物にする連中が、それをひろめ、テロの影響を長く生き延びさせる。注目を集め、ネットワーク・ニュースの格付けを上げ、利益を得る以外には、なんの有益な理由もない行為だ。政府の機能の多くとおなじように、目的は市民に尽くすことではない。個人的な儲《もう》けのためなのだ。

ベリーは、暗くなった書斎に目を凝らし、大統領からの電話を眠たい頭で思い起こした。つねに冷静で気品がある大統領にしては、めずらしく率直で弱いところを見せた。まさに政権の末期に達しつつある指導者の姿だった……いまにも任期を終えそうな感じだった。大統領が責任をとるはめになったが、それだけが理由ではない。

だれもが自分の作戦を進めている。ジャニュアリー・ダウ、アレン・キム、トレヴァー・ハワード、ベリー自身も——だれもがまっさきにこのテロリストをなんらかの形の正義に直面させたいと思っている。だが、9・11同時多発テロの余波や、長引いたウサマ・ビン・ラディン追討とおなじように、大衆は耐えるはずだった。ベリーは長年〈ヒストリー・チャンネル〉を見ていて、国家や帝国はかならず外からではなく内側から破壊されるということを知っていた。国民はつねに敵を撃退するために結集し——やがて食い殺し合うようになる。その重大な時期の終わりには、おのおのが他人よりも抜きんでるか、最高の力関係を得るか、その両方をものにしようとする。ベリーはダークホースだった。現実にはほとんど権限がなさそうな次席補佐官で、ほとんど無名だが、だれよりも強い力を握っている。ベリーには資金があり、使いかたしだいでは、人命を奪うだけではなく小さな国すら亡ぼすことができる。

そういった面で、ベリーは自分が権衡《けんこう》を維持しているのはすばらしいと自負していた。金を使えば、権力を得ようと画策している人間の職歴に終止符を打つことができる。それに、チェイス・ウィリアムズ――もしくはブラック・ワスプ――の成功が、それを確実にする。

「神の助けがありますように、チェイス」ベリーは壁に向かっていった。「どんな代償を払ってでも、サーレヒーのやつを始末したい」

ベリーは、ソファで眠り込んだ。アフマド・サーレヒー追跡とはちがって安らかな気持ちになれたのは、犠牲《コスト》なしで手に入れたソファだったからだ。

# 36

イエメン、フダイダ国際空港
七月二十四日、午後二時五十二分

ジェット機が着陸して、中東の地面を踏むまで、サーレヒーは祖国を懐かしく思ったことは一度もなかった。イエメンに降り立つと、潮気を帯びた独特の熱気に包まれた。ジェット燃料のにおいが、原油国のその地域では、なぜか新鮮だった。ターミナルに案内されるときに目にした数すくない地元住民の服装を見て、ペルシアやアラブの文化があふれている、古代よりあまり変わらない地域から長いあいだ離れていたことに、いまさらながら気づいた。

この地域が宗派間の対立に引き裂かれていることが、サーレヒーには嘆かわしかった。しかし、それも中東の特色の一部なのだ。

信仰が決して篤《あつ》いほうではないサーレヒーは、そういう紛争から自分は超越していると思っていた。イランではなく不満がみなぎるイエメンにいるので、これからそのちがいを味わうことになるのだろう。できれば早く海に出て、宗教と政治の混乱から遠ざかりたかった。

　機長と副操縦士を除けば、乗っていたのは中年の男性フライトアテンダントひとりだけだった。その男が黄色いピックアップトラックにサーレヒーを連れていき、お辞儀と祝福の言葉とともに去っていった。サーレヒーは、そのボロ車の前に立っていた。ヘッドライトはついておらず、後部はカンバストップに覆われていた。左側の助手席にはだれも乗っていなかった。運転手が用心深くあたりを見てから、左手をぎこちなくのばしてドアをあけた。その男が運転席から出てきたとき、右手を寛衣のポケットにつっこんでいることに、サーレヒーは気づいた。拳銃《けんじゅう》を握っているにちがいない。男は長身で、クーフィーも含めて黒ずくめだった。短い顎鬚も黒かった。男がサーレヒーに近づくあいだ、白いジェット機がまるでアッラーのための仕事を終えた天使のように、そばでじっとしていた。

「ようこそいらっしゃいました《アフラン・ワ・サフラン》」寛衣を着た男が、礼儀正しくはあるが、たいして敬意を示してはいない挨拶《あいさつ》をした。

サーレヒーは、それと同等の「おはよう《サバーフ・アルハイル》」という挨拶で応じた。無難な挨拶は、合言葉のようなものだった。特定の宗教に協力しているか、協力関係にないということだけでも撃たれかねない国では、挨拶ひとつにも用心する必要がある。ピックアップの運転手は、短い顎鬚を生やしているので、シーア派のようだったが、試すための挨拶だったのかもしれない。

そんなことで賓客《ひんきゃく》を撃つようなやつを、サーディーがよこすわけがないと、サーレヒーは結論付けた。

運転手は、急に首をまわすようなことはせず、目を動かすだけで周囲を見ながら、ピックアップまでサーレヒーに付き添った。ドアがあいてもルームランプがつかないようにしてあり、ふたりは名乗らず、車がはしりはじめても、口をきかなかった。

空港専用道路を南東に走っていることが、標識からわかった。ときどき窪《くぼ》みやでっぱりがあって、ピックアップがガタゴト揺れた。荷台でもガタゴト音がするのは、武装した男たちが乗っているからだろうと、サーレヒーは推理した。

「海に向かっているのか?」数分後に、サーレヒーはきいた。「目的地はどこだ?」

「あんたはイラン人だな」サーレヒーのことをそうだと見抜いた運転手が、アラビア語で答えた。

「ああ」

運転手はしばし考えているようだったが、ダッシュボードの地図用ライトをつけた。しばし観察してから、ライトを消した。

「だから秘密厳守なのか」運転手がいった。「あんたはアフマド・サーレヒーだな」

サーレヒーは黙っていた。

「おれはイブラーヒーム・アブドゥッラー、神の支持者《アンサール・アッラー》の指導者だ」

「神の支持者《アンサール・アッラー》か」サーレヒーはいった。「わたしの国と同盟している」

「おれたちは同志だ」アブドゥッラーはいった。「あんたたちは憎むべきサウジアラビア人を痛めつけてる。おれたちの後援者の船まで、あんたを送り届けることを光栄に思う。そこで今後の命令を待つことになるはずだ」

「なにか情報はないか、イブラーヒーム？　トリニダードでおれを追っていたチーム——おそらくアメリカ人——について？」

「なにもない」アブドゥッラーはいった。「しかし——短兵急な襲撃だった」

「ああ。そうだとわかった。ずいぶん杜撰《ずさん》な計画だった」

アブドゥッラーは、ふたたびその新情報について考えた。「だからおれたちがあんたに割り当てられたんだ。あんたは気づいてるだろうが、うしろにおれの戦士が何人かいる。追って指示があるまで、おれたちがあんたの身を護る」

「船に連れていってくれるんだろう」サーレヒーはいった。「船をくれると約束された」

「それなら、なおのことつじつまが合う」アブドゥッラーは答えた。予想外の任務で、自分の現行の計画に影響があるとはいえ、この企ての一端にくわえられたことを名誉に思っていた——急にサーディーを許す気持ちになった。この男を危険から連れ出して、地球の反対側やもっと安全なところへすばやく連れていけるのは、自分しかいない。「だが、チームに追跡されてるそうだな。そいつらは追うのをあきらめてないし、これからもあきらめないだろう」

「きわめて優秀で情け容赦のないやつらだ」サーレヒーは認めた。「おれが思っていたような連中とは、だいぶちがう」

「あんたを護るのに協力させることができる戦士は、いくらでもいる」アブドゥッラーはいった。「おれたちの役目は、番犬だけじゃないと思う」

「闘犬か？」サーレヒーは、水を向けた。

「夜に、おれたちがいると思われないようなところで」

「われわれの〝後援者〟は、アメリカ人のいどころを知っているのか？」アブドゥッラーが口にしなかったので、サーレヒーはサーディーの名前を口にしなかった。敬意を表しているからなのか、秘密保持のためなのか、その両方なのかは、どうでもよかった。サーレヒーはただ、相手に調子を合わせただけだった。

「おれたちの国境の内側で起きていることは、かならず知れ渡る」アブドゥッラーはいった。新たな展開にほくそ笑んだ。国中の配下に警報を発することになるだろう。

「じきに報《しら》せが届くにちがいない」

# 37

サウジアラビア、ジーザーン
七月二十四日、午後四時四十分

チェイス・ウィリアムズは、夏のワシントンDCよりも息苦しい暑さの場所は、文明化した地域にはないと思っていた。暑さによる不快感には耐えられる。砂漠でのサヴァイヴァル訓練も、ウィリアムズが受けた訓練には、含まれていた。汗をかけば体の内側と外側からよけいなものが除去され、浄化されると感じていた。それはあくまでも審美的な見かたではあったが。

フライト、着陸、ベリーの仲間——共犯者だとウィリアムズは心のなかで訂正した——の銀行家との会合は、とどこおりなく終わった。ジーザーンまで行くのに、銀行の社有ジェット機のうちの一機に乗り換えた。サルマン・アッサウドはこのフライトに部下をともなわず、機長と副操縦士はコクピットから出てこなかった。いうまでもないが、だれとどこへ行くかを部下が知らないほうが安心できると、アッサウドは説明した。リスクマネジャーのアッサウドは安心できるといったが、それでいて不安そうに見えるのがいやな感じだと、ウィリアムズは思った。アッサウドは、ジェット機の機内でタブレットを使って銀行の業務をやるときも、窓の外を見たり、キャビンに目を向けたり、乱気流のたびに耳を澄ましたりしていた。テロリストが洗面所から現われるか、どこかの飛行機のミサイル攻撃で撃墜されるのではないかと思っているような感じだった。

この地域では、それもまったくありえないことではないと、ウィリアムズにはわかっていた。ことにわれわれが乗っているのだから。だが、どうにもできないときに、そういうことを心配するのは無駄だ。

アッサウドは、アミト・ベン・キモンにウィリアムズたちを受け渡してから戻ることに同意していた。ウィリアムズとチームは、顎鬚のない顔を被り物の端で覆い、それからアッサウドが、ジーザーン地方空港の小ぶりだが現代的な平屋のターミナルの外へ案内した。

数メートル離れた舗道の端に見慣れたバイクが乗りつけるのを見て、アッサウドは足をとめた。そのうしろにタクシーがならび、頑丈なコンクエストナイトXVのリムジン二台がとまっていた。

「あの男、バイクだけで、どうするつもりだ?」アッサウドが、怪訝そうにいった。

「いつものやりかたを変えて、注意を惹きたくないのでは?」ブリーン少佐がいった。

「SUVのうちの一台が、彼の車かもしれない」ウィリアムズはいった。

「ちがう」アッサウドがいった。「SUVにはナンバープレートにサウジアモリコ社のステッカーが貼《は》ってある」

「賢いな」ブリーンが、チームの仲間に向かっていった。「安全な場所へ行くまで、窓をあけてIDを見せる必要がない」

アッサウドが一行からすこし離れて、欧米風スーツのジャケットのポケットからスマートフォンを出し、メールを読みはじめた。一所懸命それに余念がないように見せかけていた。アッサウドは頻繁にここに来ているので、警察に怪しまれはしないはずだった——おそらく買収しているのだろう——だが、顔を隠しているよそ者といっしょに現われたときも、見て見ぬふりをしてもらえるかどうかはわからない。

ウィリアムズは、目にはいる汗を拭《ぬぐ》いながら、ベン・キモンに注意を向けた。イスラエル人のキモンは、列の反対側へ行こうとはしなかった。それどころか、リムジンの一台が走り出したときも、まだ躊躇しているように見えた。万事異状なしだとわかるまで、待つつもりかもしれない。ここは国外で、ターミナル内と外にサウジアラビアの警察官がいるから、通常の任務とはまったく異なるのだろう。それに、チームを輸送する計画も準備しているにちがいない。

「わたしが行く」ブリーンが不意にいって、キモンのほうへ歩きはじめた。「パスワードはありますか？」

「〝ジャネット〟」ウィリアムズはいった。亡き妻の名前を教えると、浮気しているような気持ちになった。「挨拶の言葉を知っているか？　警察に目をつけられるかもしれない」

「ただ握手しますよ」ブリーンがいった。「ここでも通用すると書いてあったし、アラビア語を使ったらなまってしまうでしょう」

ウィリアムズは、ＳＩＴＣＯＭの義務を呪《のろ》いながら、無言であとのふたりといっしょにそこにとどまった。ブリーンがなんらかの理由で捕まったとしても、残った三人でイエメンに行くことができる。サーレヒーが乗った可能性がある自家用ジェット機がすでにフダイダ国際空港に到着し、迎えのピックアップトラックが来ていたことは、ベリーからすでに聞いていた。ピックアップの型式は画像検索され、色も強調表示された。しかし、あまり鮮明な画像ではなかった。だが、ピックアップが南に向かったことからして、サーディー海運の施設があるアデンへ行く可能性が高いと、ベリーは考えていた。それ以上詳しい情報を、ベリーは把握できていなかった。

ラフムは、サウジアラビア人の連絡相手が現われるまで、一日ずっと待っていた。興奮させられるような出来事が一度だけあった。死んだ男の携帯電話にメールが届いたのだ。メッセージは英語の名前、ジャネットだった。表示されるとすぐに消えた。表示された理由が、ラフムにはわからなかった。

そしていま、そのサウジアラビア人が現われた――四人の連れがいて、現金を詰め込んだスーツケースはない――どう解釈すればいいのか、ラフムにはわからなかった。やりかけていることを中止しようかと思った――だが、ここは外国で、警官がいたるところにいる。急に怪しまれるような行動をとれば、無用の反応を引き起こすかもしれない……それに、このバイクでは追跡をふり切ることができない。

待っていると、新来の四人のうちのひとりが、近づいてきた。ラフムは顔の下半分をスカーフで覆い、サングラスをかけていた。相手を用心深く見ながら、ラフムはサングラスをはずした。相手は反応しなかった。思ったとおり、ヒシャムの顔を知らないのかもしれない。密輸業者やマネーロンダリングをやる人間は、写真に撮られるのを嫌う。

男が手を差し出した。ラフムは握手して、うなずいた——ふたりとも知っていることを暗黙のうちに認めるかのように、相手を見据えてゆっくりとうなずいた。

男はラフムの手を握ったままだった。ラフムの目を覗《のぞ》き込み、身を乗り出してささやいた。「わたしにいうことがあるだろう?」

考えもせずに、ラフムは答えた。「ジャネット」

ブリーンは手を離した。「われわれはアデンへ行かなければならない」

ラフムはかすかにたじろいだ。この連中が来るとは思っていなかったし……英語で話しかけられるとは思っていなかった。

「アデン」ラフムはくりかえした。

「そうだ。話は通っているはずだと思っていた。もうあんたの根拠地のザマールが目的地ではない」

ラフムが英語で「わかった」と答えるまで、一瞬の間があった。ラフムは経験豊富な工作員なので、できるだけ口数をすくなくして、できるだけ多くを聞き取るよう訓練され、それが身についていた。そして、いま耳にしていることが、電撃のように耳を襲って、全身を突き抜けた。「近くに輸送手段を用意してある」ラフムはいった。

「まず接触したかった」

ブリーンはうなずいた。「あそこのベンチで待っている」芝生の四阿《あずまや》にある鋼鉄の座席を指差した。

ラフムはうなずき、バイクで走り去った。ラフムの頭脳――有能で論理的な頭脳だと、自負していた――は、苦労して、自分がなにに巻き込まれたかを突き止めようとしていた。恐怖もあった。ラフムは家に帰って、二、三日かかる任務につくと家族にいい、千リヤール渡した――違法なことに関わっているのではないかと、家族が心配した。そうではないといって、ラフムは彼らを安心させた。現金密輸業者を必要な手段で阻止して、所持していたものを押収するのは、犯罪ではなく仕事だ。CTUで自分の行動を弁護しなければならなくなったら、大がかりな偽装工作に巻き込まれたのだと――事実をありのままに――申し立てるつもりだった。

心に重くのしかかっているのは、そのことだけだった。この作戦は一体全体、神聖なものであるのかどうか?

それを突き止めるには、ヒシャム・ヌワスの役を演じつづけるしかない。

ここがイエメンなら、車は盗めばいい。だが、四人を運べるような車を急いで見つけなければならない。その答は、観光バスだった。団体客を待っているとおぼしいバスが三台あった。それを雇うには金がかかる。ラフムは、運転手が煙草《タバコ》を吸っているあいた窓の前で立ちどまった。

「予約があるのか？」ラフムはきいた。

男の眠たげな大きい顔に笑みが浮かび、顎鬚がふくらんだ。

「できるだけ安い料金でお役に立てるようにするよ」運転手が答えた。

「イエメンへ行けるか？」

運転手の笑みが弱々しくなった。「おれ……おれには、女房とおふくろとばあちゃんと子供四人がいる」運転手がいった。「危なそうだし」

ラフムは、五百リヤール札を三枚渡した。「連れていってくれ。向こうに行って、帰っていいところに着いたら教える。すぐに帰れる」

「それなら……危なくなさそうだ」運転手がいった。

「あと千リヤール渡す――いいか――あらかじめおれに雇われていたと、乗客にいえば」

「なんでもそいつらに聞かせたいことをいうよ」運転手が答えた。

あの四人は現地の言葉がわからないかもしれないが……わかるかもしれない。

「おれのいうとおりにして、おれがなにかいうまで黙っているんだ」ラフムは指示した。

運転手が額に手を触れ、バスを発進させて、仲間の運転手のそばを通るときに、札をちらりと見せた。

「どんなふうに見えた?」ブリーンが戻ってくると、ウィリアムズは小声できいた。

乗客が何人もうしろを歩いていて、アッサウドがすこし苦り切った顔をしたので、声をもっと落とさなければならなかった。

「用心深い」ブリーンが答えた。

話が聞けるように、リヴェットがぶらぶらと近づいてきた。グレースは、サウジアラビアの女性らしく距離を置いていた。寛衣の下で両手を豹拳《ひょうけん》の形にしていたので、あまり屈辱を感じなかった。

「悪いことではない」ウィリアムズはいった。

「たしかに」ブリーンが相槌《あいづち》を打った。

イスラエル人だとおぼしい男が、観光バスとともに戻ってきたので、ふたりは話をとめた。アッサウドは、そのときもスマートフォンの画面から目をあげなかった。急いで四人に幸運を祈るといい、離れていった。ベリーが手持ちの資産を使わざるをえないことはウィリアムズにもわかっていたし、著名なサウジアラビアのビリオネアといえども逮捕を免れないことがあるのを、オプ・センターの毎日の情報とニュースの報道から知っていた。現に、二年前にはアル・ワリード・ビン・タラール王子が、汚職容疑で逮捕されている。だが、アッサウドは、危険があれば察知して教える役割を担《にな》っていたのだ。

数分後には、五人が乗り、バイクが通路に運び込まれて、バスは出発していた。古いエンジンが咆哮《ほうこう》していたので、静かに話をすれば運転手には聞こえないはずだった。

国境を越えるのには、なんの問題もなかった。一八〇〇キロメートルの長さの国境線にコンクリートを詰め込んだパイプラインを三メートルの高さに積みあげたのが国境の壁で、二〇〇三年に建設されたことを、ウィリアムズは知っていた。イエメンで商売をするサウジアラビア人——ことにカットなどの麻薬を密売する人間——にとって、その壁が不満のたねだということも知っていた。サウジアラビア王国はそういう人間を相手に戦争をしたくなかったので、十二年後に壁のかなりの部分が撤去された。警備隊はたまにしかパトロールしないし、警備ではなく演習が目的の場合が多かった。

バスの運転手は、夕方に国境警備隊がパトロールしていない場所を抜けただけだった。ウィリアムズは、どうして夕暮れにパトロールを中断するのかときいた。

「攻撃されるとひとたまりもないからだ」イスラエル人に化けているラフムが答えた。

「太陽の光が弱まって薄暗いし、まだ暗視装置は使えない」

ウィリアムズはうなずいた。イエメンにはいって一キロメートル以上進むと、ラフムは運転手と話をするためにバスの前部へ行った。

ウィリアムズのうしろの座席に座っていたリヴェットが、身を乗り出していった。

「あの男がグレースに目も向けないのに気づきましたか？　顔をちゃんと隠しているのに」

「潜入工作員だから、念入りにそうしているんだろう」ウィリアムズはいった。「公の場で異性は混じり合わない。きっと正体がばれないようにしているんだ」

「やつらは女を石打ちの刑にして、奴隷として売るのに、話はしない」リヴェットはいった。「ひどい土地だ」

前部に行ってからすぐに、ラフムが戻ってきて、ウィリアムズにいった。「ここまでしか来られないと、運転手がいっている。ここでおりないといけない」

ウィリアムズは、窓の外を見た。起伏が多い荒れ果てた場所で、夜が近づいている。

「アミト、この任務では時間が重要なんだ。運転手はどれくらい金を要求しているんだ？」

ラフムはふたたび驚いた。イスラエル人だと思われている。

「金の問題じゃない。無事に家に帰りたいんだ。もう一度、話をしてみる」

「説得してくれ」ウィリアムズはいった。

ラフムは前部に行った。数分後に戻ってきた。リヴォルヴァーをわざと見せびらかしてからポケットに戻した。

「運転手は不満げだったが、もっと先へ行くことに同意した」ラフムはいった。「こんな時間に山の麓をほっつき歩くのはまずい」

ブラック・ワスプに、おなじように即興で行動する五人目がくわわったようだと、ウィリアムズは思った——そういう行動は、工作員という仕事にはそぐわない。オプ・センターに協力してきた、モサドの訓練を受けた工作員の用心深い手法とも一致しない。ベリーはキモンの写真はないといったが——それ以上の質問を封じるためだろう——イスラエルの諜報機関のだれか、どこかに、ベン・キモンの写真があるはずだと、ウィリアムズは思った。ベリーは、学生時代の写真かなにかを手に入れるべきだった。人相風体《ふうてい》だけでも確認すべきだった。

ユダヤ暦で今年は何年かと、質問すべきかもしれない、とウィリアムズは思った。

だが、知っているかもしれない。この地域に住んでいる人間は、不信心者や仇敵《きゅうてき》の宗教にもさらされている。あるいは、応射するかグレースが捕まえる前に、あの男にふたり撃たれるかもしれない。〈イントレピッド〉で起きたことは、だれも予測していなかった。それとおなじように、この手のことは徹底的に考え抜かれたためしがないのだ。

ウィリアムズは、ラフムのほうを手で示した。「携帯電話を借りたいんだが」といった。

ラフムは、死体から奪った携帯電話を出して渡した。理由はきかなかった。知っているのが当然なのかもしれない。

ウィリアムズは礼をいってから待った。「アクセスコードは?」

「すみません。ほかのことを考えていた」ラフムはいった。「226AX」

ウィリアムズは、それを打ち込んだ。スクリーンは明るくならなかった。もう一度やった。

「おかしいな」ラフムはいった。携帯電話を取り返して、自分でためし、バッテリーをいじってから、もう一度ためしてから、ウィリアムズにまた渡した。

「これを最後に使ったのはいつだ?」ウィリアムズはきいた。

「あんたたちを待っていたとき」ラフムはいった。

ベリーの言葉が、ウィリアムズの頭のなかで反響した。〝英語が読めるイエメン人は、ほとんどいない〟。用心しすぎているだけならいいのだが、アーロン・ブレイクとギーク・タンクのチームがここにいないのが残念だと、ウィリアムズは思った。彼らがいれば物事が順調に進むはずだ。

ウィリアムズは携帯電話を返した。「いいんだ。ありがとう。急ぎの用件ではない」

ラフムがバスの前部の席に行くと、ウィリアムズは手順を破って、自分のスマートフォンをためした。地形のせいで——山地で、衛星に電波が届かない——信号を捕捉できなかった。被害妄想かもしれないが、この男とその計画にはなにかおかしなところがあるという感じを、ふり払うことができなかった。モサドの訓練を受け、イエメンに三年いて、このルートを何度となく往復している人間にしては、やることが行き当たりばったりだ。

ウィリアムズは、ディーゼル燃料のにおいがする揺れているバスの暗い車内で、通路のほうを見た。それから、後部に目を向けた。リアドアに南京錠《なんきんじょう》がかけてある。襲撃を防ぐためだろう。前部の入口へ行くのには、バイクが邪魔になる。なんでもないのかもしれない——すべて。だが、確認したかった。

ブリーンが、通路を挟んで向かいの席にいた。ウィリアムズのほうに身をかがめた。

「なにを調べようとしたんですか?」

「DCの伝手《つて》に連絡したかった」ウィリアムズはいった。

「挨拶のためじゃないですよね」

「ちがう。わたしだけが思っているのかもしれないが、今の状況に安心できるか?」

「アデンの方角に向かっています」ブリーンがいった。「それが肝心でしょう」

「乗っ取ったバスで」

「徴発したんですよ」ブリーンがいった。「このまま乗っていくといったじゃないですか」

「たしかに」ウィリアムズは認めた。「しかし、たったいま、われわれの友だちはアクセスコードを知らなかった」

「電波が届かないだけでしょう」

「だったら、そのことを知らないはずはない。ここを何度も通っているんだから」

ブリーンが、眉根《まゆね》を寄せた。「バイクでね。三種類もの金属でルーフを修理してあるバスではなく」頭上を指差した。「運転手が五百リヤール札をほれぼれと眺めているのを見ましたよ。ベン・キモンは、ケチな商売はやらないようですね」

ウィリアムズは急に、新米と末世を告げる預言者をかけ合わせたような頑固者になった気がした。ブリーンは安心しているようだし、リヴェットも――一見そんなふうだった――グレースもおなじだ。もしかすると、SITCOM手法は思ったよりもうまくできているのかもしれない。テロリストの細胞《セル》、族長、密輸業者が牛耳《ぎゅうじ》るブラックマーケット経済の世界では、そのほうが成功を収められるのだろう。マット・ベリーは、多国籍の財務を牛耳る人間が準公式の責任者をつとめる政府という、新種の世界的権力の先駆者なのかもしれない。

デスクの奥に座っているわけではないと、ウィリアムズは自分をいましめた。考えすぎて、マイクロマネジメントをやるのはやめろ。

ウィリアムズは、スマートフォンをしまった。ブリーン少佐のいうとおりだ。自分たちは行かなければならないところを目指して進んでいる。あとのことは――ここはさまざまな宗教が生まれた土地だから、ジャネットが死んでから一度もやらなかったことをやるのもいいかもしれない。

チェイス・ウィリアムズは目を閉じて祈った。

ラフムは運転手に、ハイウェイ10が約五キロメートル先にあると知らせた。

「ハイウェイに乗ってアデンへ行く」乗客に目的地の地名がわかるように、アラビア語でいった。

「燃料を補給しないと」運転手がいった。

「ハラドで入れればいい」ラフムはいい、五百リヤール札をもう一枚渡した。「運転した時間に見合うようにすると約束する。釣りはいらない」

運転手は、これまで以上に感謝しているようだった。エンジンのノッキングや咳《せ》き込む音に耳を澄まし、ハンドルを慎重に操っていることからして、バスを買い替えるのにどれくらい必要か、計算しているようだった。

ラフムもそう気分は悪くなかった。運転手の母国サウジアラビアがイエメンに傷を負わせたことを思えば、こいつが撃ち殺されてドアから蹴落《けお》とされずにいるのは運がいい。

バスの後部に戻り、乗客のそばを通ったラフムは、座席に腰かけて、背中を丸めた。携帯電話のアクセスコードについてのやりとりは、あまり上手にこなせなかったと思った。自分を責めはしなかった。敵をイエメンへ連れてくるという、もっとも重要な試練には合格した。だが、最年長の男は、疑っているとはいわないまでも、用心深くなっているように見えるし、アデンまではまだ七四二キロメートルある。それには十時間以上かかるし、いつまで芝居をつづけられるか、不安になっていた。

ラフムは自分のスマートフォンを出して、スクリーンのライトを暗くした。スマートフォンは、近くのハラドにある国防省の通信システムと接続している。そこが連絡できる最大範囲だった。前哨《ぜんしょう》基地のサリム・アッシャアビ司令官宛《あて》に、ラフムはメールを書いた。


四人組の精鋭工作員を青いバスで潜入させた。ハイウェイ10南ですみやかに邀撃《ようげき》してほしい。邀撃に強力任務部隊を要請する。任務訊問のために乗客を捕らえること。

バデル・アブ・ラフム。

# 38

イエメン、ハラド
七月二十四日、午後六時十五分

イエメン軍のサリム・アッシャアビ司令官は、バデル・アブ・ラフムのことは知らなかったが、ラフムの身上調書がテロ対策部隊《CTU》のファイルにあったので、メールとその内容を疑う理由はなかった。サウジアラビアの工作員——ハジャ県にはおおぜいいて、スンニ派の思想をひそかにひろめようとしている——ですら、軍隊のようにきちんと組織化されてはいない。アルカイダがサナアで国防省を攻撃し、自動車爆弾で壁に穴をあけて、兵士や医療関係者などの一般市民を非情に虐殺してから、六年が過ぎていた。その後、イエメンとシーア派の敵は、もっと攻撃しやすい目標を狙うようになっている。

禿頭で身長一八八センチのアッシャアビは、軟目標《ソフト・ターゲット》ではなかった。アッシャアビの前哨基地も軟目標ではない。担当地域でテロリストが軍補助工作を計画しているのであれば、阻止されるはずだった。

アッシャアビの部隊には、強力な装備として装甲戦闘車二両がある。アッシャアビは、その二両と装甲人員輸送車二両に、ハイウェイ脇《わき》で配置につくよう命じた。青いバスが来るまで、通過する車を通し、バスが目撃されたら道路を封鎖する。

「相手を警戒させるような空からの監視はやるな」アメリカ製のベル206軽観測ヘリコプター二機の機長に、アッシャアビは命じた。「許可されれば、上空掩護《えんご》を行なうように」

その際には、それぞれのあけ放った乗降口から、銃を持った兵士が身を乗り出す。野外で反政府分子を捜して殲滅《せんめつ》するのに、その方法を使っていた——退路を断たれた青いバスは、鳥かごのなかのカナリヤとおなじだ。

部隊の定員百二十五人の四分の一が、隘路《あいろ》の西で道路脇に展開する。部隊をすべて投入しないのは、これがスンニ派の策略で、前哨基地の攻撃が主な目的かもしれないと恐れたからだった。残存部隊には、抗弾ベストと完全装備を身につけ、そのような攻撃に備えるようにと、アッシャアビは注意した。

三十分以内に、すべてが動きはじめた。さらに十五分後には、兵員と車両が位置についていた。ハイウェイの南の道端で装甲戦闘車《AFV》の前に立ったサリム・アッシャアビは、呪わしいサウジアラビア人と戦うのを控えるのではなく、たまには勇猛に戦いたいと熱意を燃やしながら、双眼鏡で地平線を眺めた。

# 39

イエメン、ハイウェイ10
七月二十四日、午後七時

ブリーン少佐は、硬い座席に背中をあずけ、何十年ものあいだに乗客の体の輪郭で窪みができているのを感じていた。ブリーンは任務に不安を感じていた。問題は、知り合ったばかりの男がただ不注意なのか、ダブルスパイなのか、それとも、思いもよらないほかの何者かもしれない、ということではなかった。ブリーンにとって、これはパラシュート降下のようなものだった。装備の状態は、着地の衝撃を受けるまでは重要ではない。無事に着地できるかどうかは、そのときでないとわからない。どんな裁判でも進行状況は重要だが、陪審か専門家集団が評決を下すまでは、確実なことはなにもない。それに、たとえ判決が出ても、それはただの間合いにすぎず、かならず控訴の手順がある。ブラック・ワスプにとって重要なことや、即動可能な事実か手がかりが現われるまで、〝たら、れば〟にエネルギーを費やすべきではない。それはロヴェット将軍が何度もくりかえし強調した指令のひとつだった。

「雀蜂《ワスプ》が一匹で攻撃するときはすばやい」ロヴェット将軍はいった。「きみたちもそうでなければならない」

そういう正統に反する形が、まさにブラック・ワスプを創設し、SITCOMを立案した理由だった。その大胆な新構想はきわめて危険だが、アメリカ軍にとって大きな変革の前兆になりうる。圧倒的な兵力を集めるという発想は、軍容を示して秩序を守るために、千年前に編み出された。ドローンが空を飛び、衛星が宇宙を周回し、特殊戦闘員《スペシャリスト》が数千もの狭い地域で破壊工作、暗殺、潜入など、ターゲットがきわめて明確な任務を行なえるようになったことで、軍隊の財政と人員の経費は大幅に軽減された。人命や財産の損失、破壊、苦しみを減らすことができる未来のためなら、危険を冒す甲斐があると、ブリーンは考えていた。

ブリーンが案じていたのは、そういう概念や、アミト・ベン・キモンや、アデンで遭遇する出来事や敵のことではなかった。チェイス・ウィリアムズのことが気がかりだったのだ。

ウィリアムズがこれまで、デスクからなんらかの集団を指揮していたことは明らかだった。現場での判断が頼りなく、野戦の指揮官のように部隊を危険にさらすのに乗り気ではない。それに、指揮権を手放したがらない。

ブリーンがブラック・ワスプに指名されたときには、はっきりと命令されたわけではないが、当初の三人のなかでは、あとのふたりよりも十歳以上も年上で最年長だったので、名目上はリーダーだと考えられていた。ＳＩＴＣＯＭでそれがひっくりかえされたが、アラスカとデスヴァレーでのサヴァイヴァル訓練では、あとの特殊戦闘員ふたりがブリーンの豊富な知識と経験を受け入れた。

チェイス・ウィリアムズには、そういうことをやる技能がないし、任務が進むあいだも、変速ギアの歯車が欠けてしまうようなぎくしゃくした動きを見せていた。それに、チームになにかを伏せている。しかし、これに個人的なことを賭《か》けているのは明らかだった。嘆き悲しんでいる人間のようではない――ただ、〝ジャネット〟という名前をつぶやいたのは、古傷に一瞬、光が当たったような感じだった。亡くなった妻か娘の名前だろう。〈イントレピッド〉でだれかを失ったのではなさそうだ。ウィリアムズの原動力には、復讐《ふくしゅう》の色合いが濃い。ディエゴ・マーティンのアパートメントでサーレヒーに迫ったときが、もっとも大胆だった。偵察をせず、道路の左右にも用心しなかった。個人的な恨みがあるにちがいないという疑念——強い疑念——を、ブリーンは抱いていた。そして、裁判とおなじように、感情がはいり込むと、収拾がつかない結果になる傾向がある。

このことをウィリアムズと話し合おうかと、ブリーンは三十分前からずっと熟考していた。決めかねていたときに、バスの速度が落ちて、ゆるい勾配《こうばい》を登り、西に折れた——そして、なおもアデンの方角を目指し、舗装されたハイウェイを南下した。

「イェー」二列うしろの座席で、リヴェットがいった。それまでずっと、バスが揺れるたびに、うめいたり文句をいったりしていた。平らな道路で運転が上手な人間に命を託すのに慣れているので、困惑しているのも理解できる。

運転手がようやくヘッドライトをつけ、チームはいっせいに座席で座り直した。もう荒れた地形に護られてはいない。何事が起きても対処できるように身構える必要がある。

## 40

ヴァージニア州チャンティリー、国家偵察局（NRO）
七月二十四日、午前十二時十二分

NROでの仕事の第一日目だったが、〝女王への暴行〟の余波が残り、総動員態勢がとられるなか、キャスリーン・ヘイズはオプ・センター勤務中同様にきわめて熟達した画像分析スペシャリストだということを実証していた。

昨夜——じっさいには十二時間前に——あらたな下級職に就くための保全適格性《セキュリティ・》認定資格《クリアランス》をあたえられたあと、三十四歳のキャスリーンが、メリーランド州シルヴァースプリングズのワンルームマンションの自宅でNROの歴史についての資料を読んでいると、ドアにノックがあった。ラミネートされた身分証明書が、すでにドアの覗き穴のレンズにかざしてあった。訪問者はマット・ベリーという名で、ミドキフ大統領の次席補佐官だった。だれでも偽のＩＤをこしらえることはできるが、キャスリーンに害をなそうと思ったら、いくらでもべつの方法がある。キャスリーンは、小さなペッパースプレーの缶を掌に隠して、ドアをあけた。

はいってもいいかと、ベリーがきいた。キャスリーンはベリーをなかに入れた。キャスリーンの画像分析では、その男は狂気じみたやけっぱちな表情ではなかった。くたびれた高級官僚の顔だった。画像分析の分野では、そのふたつに大差はないのだが、オプ・センターにいた八カ月のあいだに、キャスリーンはちがいを見分けられるようになっていた。

マット・ベリーは、顔とおなじくらい皺《しわ》くちゃのスーツ姿でキャスリーンと向き合い、前置きもなしにいった。「きみがこの職務に就くよう大統領が手配し、具体的にいうとイエメン監視チームに配置した」名前がなく、携帯電話の番号だけが記された名刺を、キャスリーンに渡した。「サウジアラビアのジーザーン地方空港、イエメンのザマール県とアデンを結ぶ三角地帯を監視してもらいたい」ベリーはキャスリーンにいった。「とりわけ、ふたつの事柄を承知しておいてもらいたい。一、オフロードを南に移動している、五人以上が乗れる車。二、その地域の軍もしくは警察の急な動き。なにか情報があれば、私用の携帯電話からその番号にメールを送ってくれ」

「命じられています、ベリーさん。私用の携帯電話は――」

「NROからきみがメールを送ることが、四十八時間の範囲内で許可されている」ベリーがキャスリーンを遮っていった。「できるだけ早く出勤し、些末《さまつ》なことだと思っても、どんな情報でもいいから、わたしに伝えてくれ。質問は？」

キャスリーンが首をふったので、ベリーは向きを変えて出ていこうとした。

「ベリーさん」キャスリーンが、唐突にいった。「ウィリアムズ長官がどうしているか、なにかご存じないですか？」

ベリーは首をふり、ドアを閉めた。

目を休めなければならないので、キャスリーンは四時間眠り、翌朝の五時にヴァージニア州チャンティリーにあるNRO本部の窓のない部屋で、ブルペンのようなワークステーションにいた。早朝だったので、車で五三キロメートル走るのは楽だった――早起きするという労働倫理を受け入れるのにじゅうぶんな理由だった。

午前九時から現在――午前十二時――まで、ベリーとの連絡が頻繁に行なわれたことに、キャスリーンは驚いた。ベリーは毎回TYと返信してきた。昨夜会った不愛想な男にありがとう《Thank You》といわれるとは、思ってもいなかった。ベリーが重圧にさらされていて、自分からの情報がものすごく重要なのだということが、それだけでもわかった。

彼らはアフマド・サーレヒーの足跡を追っている。情報の受領者はベリーのみで、NROの組織内にもひとりもいなかったので、説明されていない高度の機密が関係していることは察しがついた。上司も含めて、だれもそばに来て監督したり、作業を見せてほしいといったりしないことからもわかった。

キャスリーンは、自分が観測可能な宇宙の中心にいて、頭脳、目、精神に鋭い刃が備わってギラギラ輝いているような心地になっていた。

ジーザーンから国境に向けて出発したとおぼしいバスのことを、キャスリーンは報告した。バスの黒いシルエットが、国境を越え、ヘッドライトをつけずに南東に向かっていた。

そして、ハラド付近では、ハイウェイ10の左右の道端に、車両四両と兵士十数人がいた。

マット・ベリーは、そのメッセージを受領したことを伝えてこなかった。ベリーが受信していることを、キャスリーンは願った。

# 41

## イエメン、ハイウェイ10
## 七月二十四日、午後七時十三分

バスの後部の悪臭が漂うトイレを使わなかったら、グレース・リーはドアの外でビーッという昔ながらの着信音がくぐもって響いたのを聞きつけられなかったはずだった。このおんぼろバスがたてた音ではなかったし、グレースが聞いたことがないような音だった。それに、無視すべきではない事柄だった。

グレースはドアをあけた。ギイッという音は、後輪が跳ねる音に消された。グレースがトイレのドアを閉めたとき、二列前方の席に座っていたイスラエル人が、寛衣のポケットに手を入れた。男はミュートボタンを押したが、数秒後にビーッ、ビーッと着信音が二度鳴るのをとめることはできなかった。

チェイス・ウィリアムズもそれを聞きつけて、立ちあがった。

二つ折りの旧式携帯電話をいじっていたラフムは、女をずっと無視するのに慣れていたせいで、グレースがうしろからこっそりと忍び寄ってLEDメッセージを読んだことに気づかなかった。

**ハラド付近のハイウェイの左右に部隊が集結している。**

メッセージが消え、ラフムは携帯電話を寛衣のポケットに突っ込んだ。ウィリアムズが近づいてくるのは見ていたが、グレースには気づかなかった。グレースはあいているうしろの座席にさっとはいって、身を乗り出し、ラフムの首に右腕を巻きつけた。グレースはうしろにひっぱらず、身を縮めて、体重で首を絞めた。ラフムが大きな音をたててあえいだ。

あとのふたりも立ちあがり、急いでウィリアムズのうしろから近づいた。

「罠《わな》よ」グレースがいった。「ハラドで軍が道路を封鎖している」

ウィリアムズはリヴェットに、バスをとめるよう運転手に指示しろと命じた。運転手は、ハイウェイの路肩には寄せず、道路からそれ、斜面ですこし傾けてとめた。へッドライトを消した。ときどきかなりの高速で車が通り過ぎたが、バスに興味を示すものはいなかった。

バスが停止すると、ウィリアムズは後部の男を見おろして立った。男はひっかいたり蹴ったりしてもがき、絞め技から逃れようとしていたが、無駄だった。暗いなかでも、男の顔が赤くなっているのが、ウィリアムズに見えた。「呼吸させてやれ……一度だけ」ウィリアムズはいった。

グレースが、そうしてからまた絞め直した。痛む喉から男が息を吸うと、すぐにまた絞められた――逃れることはできないが、あえぎ……しゃべることができる程度に。

「おまえは何者だ？」バスがぎこちなくとまり、すべての部分がゆるんだりきしんだりして抗議したとき、ウィリアムズは語気鋭くきいた。

「ＣＴＵ」喉をゼイゼイ鳴らしながら、男がいった。

「名前は？」ウィリアムズはきいた。

「バデル……アブ……ラフム」声帯を締め付けられながら、男が精いっぱい誇りをこめていった。

ウィリアムズは男のひたいに拳銃を突きつけ、絞め技を解くようグレースに命じた。

グレースがそうして、頭から被り物を取り、圧迫されていた喉笛から痰《たん》を出そうとして咳《せき》をしている男を睨《にら》みつけた。

「われわれが会うことになっていた男はどこだ？」ウィリアムズはきいた。

「死んだ」

「おまえが殺したんだな？」

「ああ」

「理由は？」

ラフムは口ごもった。

ブリーンが、ウィリアムズの肩越しにいった。「おまえはその携帯電話のことも、彼が会うことになっている相手のことも知らなかった。彼の資金源がほしかっただけだ。われわれが現われたのは予想外だった」

ラフムがまたためらったが……やがてうなずいた。

「このわれわれの友人は、自分の機器でイエメン軍に連絡したんだ」ウィリアムズはグレースにいった。

グレースがその意味を理解して、男のほうへ手をのばし、ポケットを叩いて、スマートフォンと死んだイスラエル人の書類を見つけた。男は体を探られ、グレースの髪が頬《ほお》に触れたことを嫌悪しているように見えた。

ウィリアムズは、男のスマートフォンを自分の寛衣にしまった。拳銃の上から、男を睨みつけた。「おまえがまだ生きているのは、利用価値があるかもしれないからだ。動いたり、しゃべったりしたら、命はない」

リヴェットが戻ってきて、被り物を取り、それを絞めていた紐を使って男の手首を座席の金属製の肘掛《ひじか》けにきつく縛りつけた。ブリーンの被り物の紐は、男の足首を前の座席の脚に縛り付けるのに使われた。

「わたしが見張る」グレースがいい、寛衣の下からナイフを一本出して、男の向かいの手摺《てすり》に腰かけた。

あとの三人は、数歩前に進んだ。ブリーンはバスの前方に顔を向け、両手を膝に置いて身じろぎもせずに座っている運転手を見張った。運転手が拳銃を見ていなかったとしても、英語は聞いているはずだ。それに、サウジアラビア人なので、なにが起きているにせよ関わる理由はなにもない。生き延びたいだけだ。

「ハイウェイにいるわけにはいかない」ウィリアムズはいった――ささやき声でいう必要がないことが、びっくりするくらい気分がよかった。ふたたび指揮官になったという気がした。

「オフロードも走れない」ブリーンがいった。「このバスでは耐えられそうにない」

「おれの尻《しり》も耐えられない」リヴェットがいった。「冗談じゃないんだ。尻がだめになったら、おれはだめになる。狙いがだめになる」

ウィリアムズは、スナイパーたちのことをよく知っていた。芸術家なみに過敏な体質なのだ。リヴェットの苦情は軽視できない。イエメン人工作員のほうを見た。あの男はどこかようすがおかしかったので、勘が当たったことに満悦してはいなかった。だが、ベリーのメッセージの内容を考えて、ひとつの案が浮かんだ。

「軍隊は青いバスを見つけるまで、道端にいる」ウィリアムズは考えながらいった。

「青いバスを見つけたら、ハイウェイで包囲するつもりだろう」

「バスに向けて撃ちまくらなければ」リヴェットがいった。

「それはありえない」ブリーンがいった。「乗っている人間を捕らえて訊問したいはずだ」

「そうだ」リヴェットがいった。「距離はどれくらいあるかな？ 狙撃《そげき》して――」

ブリーンが身をかがめて、フロントウィンドウから眺めた。「街の明かりが一キロ半か二キロくらいのところだ。これが陽動作戦だった場合のために、基地からあまり離れないだろう。それに、上空掩護を使っていないのは、こっちが気づいて逃げないようにするためだ」

「いい指摘だ」ウィリアムズはいった。

「M107がないと、遠すぎる。ここにはないし」リヴェットが嘆いた。

「ここでゲリラ戦はやらないほうがいい」ウィリアムズはいった。「アデンまで行かなければならないんだ」しばし考えた。「まだ見つかっていないはずだ。かなり暗い。バスが前進するあいだ、ヘッドライトのせいで向こうから車内は見えない」

「突破も迂回《うかい》もできない」ブリーンがいった。

「ああ。だが、考えがある」

ウィリアムズは、ブリーンとリヴェットに、考えていることを話した。できかけの計画で、いくつかの部分は順を追って説明しているうちに生まれた。ブリーンは例によって無表情で、リヴェットは話を聞くうちに顔に笑みをひろげた。

「いいですね」ウィリアムズの話が終わると、リヴェットはいった。「おれはあいつといっしょにバスに残りたい」イエメン人のほうを指差した。

ウィリアムズは首をふった。「まずいことになったら、きみの火力が必要になる」

「それに、わたしも掩護が必要になるかもしれない」後部からグレースがいった。

「わたしが捕虜といっしょに残る。向こう側であなたたちと落ち合う」

これがオプ・センターだったら、ウィリアムズはこの計画を承認しなかったはずだった。当時は、ほとんどの場合、ＪＳＯＣチームは頭を使わず無鉄砲だと、自分の限られた経験から見なしていたことに、いま気づいた。じつは、そうではなかったのだ。それでもウィリアムズはためらった。

「決めるのはグレースだ」ブリーンが、ウィリアムズをいましめた。

そういわれないと、ウィリアムズは決断できなかった――またしても。「わかった」ウィリアムズはいって、ブリーンの脇を通った。「これを生き延びるのになにをやらなければならないか、運転手に伝える」

# 42

イエメン、ハラド
七月二十四日、午後七時四十八分

そのダンプトラックは、海抜一〇〇〇メートルで気温と日照と用水の供給が栽培に適しているイエメン北部の高地産のジャガイモを満載していた。カフターン・アル・バイドは、子供のころから畑に出て、一九八〇年代に政府機関の種芋生産センターに奨励されていたジャガイモを育てていた。現在、アル・バイド、息子ふたりと、孫息子ふたりでやっている農業は繁盛し、麻薬を売買しなくても、ジャガイモ栽培だけで暮らしていけるほどになっていた。麻薬を売買している違法な業者も、主食のジャガイモが好きなので、土地を明け渡せと強要することはなかった。

アル・バイドは十六年前から、イエメン北部の前哨基地や補給処にジャガイモを供給する契約を政府と結んでいた。買取価格はそう高くはなかったが、民間との取引に比して失われる利益の分は、軍のパトロールが定期的にやってきて、ヘリコプターが上空を飛ぶことで埋め合わせがついた。この畑は襲わないほうがいいと、匪賊が判断するからだ。その戦術が、ほぼ功を奏していた。どのみち、たとえ匪賊がやって来ても、大量のジャガイモを盗むことぐらいしかできない。その程度の損失は容認できたし、匪賊の一部は地域の目と耳になり、サウジアラビアの侵入者の秘密作戦について情報を教えてくれる。その情報はアッシャアビ司令官に伝えられ、アッシャアビはサナアの上官に洞察力があると評価される。万事が、相乗効果のある関係として成功を収めている。高齢だが元気なアル・バイドは、運転しながら手巻きの煙草をあいたサイドウィンドウからはじき飛ばし、息子が保温容器から注いだ紅茶をひと口飲んだ。アル・バイドはショットガンをドア脇に置いていたが――軍はいつどこにでもいるわけではない――ハイウェイ10はかなり安全だと思っていた。

そのため、青いバスが突然ハイウェイをのろのろ横切り、ヘッドライトの光のなかにはいってきて道路をふさいだとき、アル・バイドと息子のナシュワンはびっくりした。

ハイウェイと交差するゆるい坂を二〇〇メートル西に進んだところで、ブリーンはスマートフォンの光を二度、ウィリアムズのほうへ閃《ひらめ》かせて、ターゲットに近づいたことを合図した。その合図を受けて、脂汗をかいている運転手は、二車線のハイウェイの東行き車線にバスを横から乗り入れた。

ダンプトラックの運転手がブレーキを踏まなかったら、バスに激突していたはずだった。シートベルトがないので、運転台と乗っていた人間も、ぶつかれば衝撃でかなりひどい怪我を負っていたにちがいない。

運転手がショットガンを持ちあげたが、座席に座ったままだった。左の助手席に乗っていた男が、リヴォルヴァーを抜き、すこし腰を浮かして、横とうしろを見た——ジャガイモの山の上から見える範囲で。

何挺《ちょう》もの銃が目にはいり、男は凍り付いた。

リヴェットは、道路に向かって腹這《はらば》いになっていた。トラックがとまると同時に立ちあがり、銃を二挺抜いてかがみ、濃い青になりかけている黄昏《たそがれ》のなかを進んでいた。音もなく走ってステップに乗り、運転台のなかに拳銃二挺を——男ふたりにそれぞれ——向けた。ショットガンは持ちあげられたままだった。

そのときブリーンが反対側のステップに乗った。運転手に拳銃を向けて、一二番径のショットガンを奪った。

リヴェットは、助手席側のドアをあけて、乗っていた男をひっぱり出した。車の往来はまばらだったが、べつの車がここに来て停止する前に終えたかった。どうしても必要なとき以外は発砲しないよう、リヴェットが注意していた。一発の銃声でも、一・五キロメートル以上先まで聞こえる。ドアをあけてルームランプがつき、若い男がリヴォルヴァーを向けるのが見えたときに、リヴェットはその決まりを破った。引き金にかけた男の指に力がこもったので、リヴェットは男の肩を撃った。

これで終わりだと、不機嫌に思った。時計の針が動くのが速くなった。

リヴェットは、若い男をひきずり出した。運転席側で、ブリーンもおなじようにしていた。リヴェットとブリーンは、運転台に乗り込んだ、リヴェットが運転した。ハイウェイからおりて、でこぼこの野原にはいった。その間に、年配の運転手が、撃たれた若者のほうに駆け寄った。

「待て!」ブリーンが、リヴェットにいった。「あのふたりを置いていくわけにはいかん。われわれがどっちに向かったか、軍にわかってしまう」

リヴェットが悪態をつき、ブリーンとともにおりて、イエメン人ふたりを後あおり《テールゲート》越しに荷台に押しあげた。ウィリアムズが来て、ふたりのそばに乗った。つぎにグレースが来た。バスで検問所近くまで行って、軍を足止めし、グレースがこっそりおりてトラックと合流する計画だった。その計画はおじゃんになった。早くも地平線がヘッドライトで明るくなり、軍の車両が急速に近づいてくる。グレースは、運転席側のステップからダンプトラックの荷台に跳びあがり、ジャガイモの上に乗った。

「つかまれ！」リヴェットがサイドウィンドウから叫び、野原を突っ切ってダンプトラックを走らせた。荷台に乗っていたウィリアムズたちは、高さがある不安定な積荷の上で滑った。すさまじい揺れだった。滑り落ちないように、グレースは顔からジャガイモのなかに潜り込んだ。ウィリアムズもおなじようにした。

「ラフムをどうした？」ウィリアムズはグレースにきいた。

「彼はベン・キモンを殺したし、銀行家を見てる。わたしたちの話を聞いた」グレースがいった。「ほかに方法はなかった」

ウィリアムズは、現場での処刑を許さないし、許すこともできないが、グレースを責めはしなかった。「運転手は？」

「厄介をかけたので、お金をいくらか渡した。あとは必要になるかもしれないので、とってある。運転手はだいじょうぶでしょう」

ブリーンは、イエメン人ふたりに銃をつきつけ、荷台のウィリアムズの近くで横向きに寝そべっていた。トラックのうしろに顔を向けていた。年配の男はクーフィーヤを頭からはずして、若者の銃創に包帯代わりに巻いていた。両膝をつき、ウィリアムズたちよりもずっとうまくバランスをとっていた。

「兵長――運転台に救急用品はあるか？」ブリーンがきいた。

「あります！」

「わたしが見張る」ブリーンの意図を察したウィリアムズがいった。

ブリーンがウィリアムズに拳銃を渡し、荷台の前のほうへ歩いていった。あいているサイドウィンドウから手をつっこみ、救急用品をリヴェットから受け取ると、身を縮めて戻った。年配の男にそれを渡すと――驚くとともに感謝しているように見えた。

ブリーンは、ウィリアムズとグレースのほうを向き、拳銃を受け取った。「イエメン軍の兵士にタイヤの跡が見つかる。転げ落ちたジャガイモも」

「トラックを乗り捨てても、追跡されるだろう」ウィリアムズはいった。

「エンドラン（フットボールで、防御ラインのエンドの外側を抜けること）！」運転台からリヴェットが叫んだ。

あとの三人には、なんのことかわからなかったが、リヴェットが急ハンドルを切って、ひきかえしはじめた――東に向けて。

「くそ」グレースがいった。リヴェットには、「お見事！」といった。

「どうも！」

あとのふたりは、リヴェットの言葉の意味を、そこでようやく悟った。イエメン軍の検問所の南でハイウェイ10に戻るのだ。

「ヘリに見つかるぞ」ウィリアムズはいった。

「街中なら見つからない」ブリーンはいった。「そこでトラックを乗り捨てる」

三人が賛成し、リヴェットがトラックをハイウェイに向けた。検問所があった場所のずっと南でハイウェイに戻った。ハラドらしき街がつぎの角にあるあたりで、トラックをとめた。

ウィリアムズは、年配の運転手に英語で話しかけた。運転手がアラビア語で答え、言葉がわからないことを手ぶりで示した。それでじゅうぶんだった。話を聞かれたとしても――ジャガイモがかなり音を吸収するが――軍にはなにも教えられない。ふたりにそれぞれのクーフィーヤで目隠しをして、それを締める紐でうしろ向きに――若者の包帯がはずれないようにゆるく――縛り合わせた。チームはトラックをおりて、音をたてないように街へ向かって移動した。

# 43

イエメン、アデン
七月二十四日、午後九時

サーディーがまた電話をかけてきても、イブラーヒーム・アブドゥッラーは唾を吐かなかった。今回は、怒りの炎に呑《の》み込まれていた。『聖クルアーン』は幽精《ジン》は炎から生まれると述べている。だとすると、いまのアブドゥッラーは、そういう超自然的な存在になっていた。

重要な乗客とともにアデンに帰ったアブドゥッラーは、その人物を倉庫に連れていって、つぎの指示を待った――部下の戦士たちにも紹介した。それによって戦士のほとんどがひざまずき、感謝の祈りを唱え、『聖クルアーン』の祈願《ドゥアー》を行なった。アブドゥッラーは配下の戦士たちが感情的にふるまうのを一度も見たことがなかったが、惜しみなくその機会をあたえた。サーレヒーをここに連れてきたのは、戦士たちの感情を掻き立てるためで、そのとおりになった。サーレヒーは自発的なそういう反応に明らかに困惑していたが、落ち着いた態度を装い、敬意を表されるのを斥《しりぞ》けなかった。

そのあとで、アブドゥッラーは戦士たちのための宿舎で、ゆっくりと独りで過ごせばいいと提案した。だが、サーレヒーは、表に出て海のにおいを嗅ぎたいといった。アブドゥッラーは納得し、被り物で顔を隠したサーレヒーといっしょに外へ行った。アブドゥッラーは寛衣のポケットにワルサーP-99を入れていたし、警備を強化するために、配下ふたりを倉庫の屋根にひそかに登らせて、監視させた。サーレヒーをおぜいで取り囲まずに警護したいと考えていた。

倉庫は海からわずか五〇メートルのところで、サーレヒーはうやうやしい態度で静かに海辺に近づいた。アブドゥッラーにとってはめったにない落ち着いた一瞬だった。イスラムの敵に対して大勝利を収めた同胞がそばにいる。神の支持者《アンサール・アッラー》が何年もかけて達成しようとしてきたことを、その人物は一分以内に成し遂げたのだ。

ふたりで一時間近く戸外にいてから、アブドゥッラーはサーレヒーが調理室で静かに食事ができるようにした——そして、任務がまだ完了していないことを、配下に伝えた。

「アルフダイダの港の地図を検討する」アブドゥッラーはいった。「そこへ誉れ高い賓客を案内する——そして、予想される特殊部隊チームの攻撃から護る」

その情報を聞いて、アブドゥッラーの配下はふたたび活気づいた。

港の地図と、現在入港している船舶について、彼らは数時間検討した。サーレヒー大佐を乗せるタンカー〈アル・ワーディー〉についても説明された。後援者が送ってきた設計図で、自分たちの乗船経路と……襲ってくる可能性がある未知の特殊部隊チームが侵入しそうな場所を確認した。撤退せずに死ぬ覚悟だったので、退船経路は見なかった。通路、階段、エレベーター、もっとも警護に適したルートを、見取り図で研究した。計画を立てると、神の支持者《アンサール・アッラー》たちは眠り、サーレヒーも眠った。

アブドゥッラーは、サーディーからの電話で目を醒《さ》ました。敵特殊部隊はハラドまで来て、そこで道路封鎖を回避したようだった。

外国人チームがイエメンで自分たち以外の部隊を回避したという報せには、不安をおぼえるのが当然だろうが、アブドゥッラーには逆の効果を及ぼした。アフマド・サーレヒーは、きわめて勝ち目の薄い戦いに身を投じ、大勝利を収めた。アブドゥッラーと幹部集団、戦士たちのなかの精鋭も、おなじことをやる機会をあたえられたのだ。

「やつらの正確な位置についての情報はない」サーディーがいった。「しかし、小規模で、機動性が高いから、見くびるべきではない」

「もちろん見くびりはしない」アブドゥッラーは請け合った。

「〈アル・ワーディー〉が停泊している桟橋は、あすの午前十一時九分に満潮になる」サーディーがいった。

「全天の雲で、雨だ」アブドゥッラーは報告した。戦う場所の天候は、かならず知っておくようにしていた。

「さすがだな」サーディーがいった。「ほかに情報はない。いまから敵と遭遇するまで、警戒をゆるめるな。この侵入者たちは、なにをやるか予想がつきにくいとわかっているし、柔軟だ。あんたの戦士たちとおなじように。サーレヒー大佐が、トリニダードでの経験から、なにか教えてくれるかもしれない」

「それはすばらしい考えだ」アブドゥッラーはいった。

「神の加護のもとで《フィー・アマッニーラー》（別れの挨拶）」サーディーは答えて、電話を切った。

「あなたにも神の加護がありますように」アブドゥッラーは応じ、サーレヒー大佐に会いにいくために、眠気をふり払った。

# 44

イエメン、アッルハイヤー
七月二十四日、午後十時八分

リヴェットが見た光は、ハラドの街明かりではなかった。ハイウェイと平行にかなり南に進んでいたので、東に進むうちに、海岸沿いのアッルハイヤーに達していた。

「つぎは道路標識を読まないといけない」ハイウェイを歩きつづけて街に着いたときに、リヴェットはぶつぶついった。

「じつはこのほうが好都合よ」グレースがいった。

「どうしてそう思うんだ？」リヴェットはきいた。

「アデンに早く行ける可能性が——すこしでも——あるからよ。海から」

「紅海だ」ウィリアムズはいった。

ウィリアムズの言葉は、チームにこれまでとは異なるあらたな心境……と霊感をあたえる効果があった。程度にちがいはあったが、ここがただの宗教色が強い地域ではないことに、全員が気づいていた。ウィリアムズは、オーヴァル・オフィスに行くときにいつも感じることを思い出した。大統領がだれだろうと、オーヴァル・オフィスは変わらない。ここはそれを広大な規模にしたようなものだ。預言者が必要とされたときに、神は彼らを苦難によってみずから鍛え、育てあげた。ひと息ついて、みずからを顧み、夜の平和を味わう時間をチームにあたえたことで、ウィリアムズはいっそう神を敬う気持ちになっていた。彼らの沈黙と、うやうやしい足取りから、チーム全員がおなじ気持ちだということがわかった。

男三人が肩を並べて歩き、中心にブリーンがいた。リヴェットは右だった。グレースは服のぐあいを直し、うしろを歩いていた。グレースは殿《しんがり》をつとめることを気にしていなかった。そのほうが、周囲にだれかがいたときに目配りしやすい。空軍の輸送機で運ばれるとき、バックパックが用意されていたのが、グレースには滑稽《こっけい》に思えた。武器、弾薬、医療品、無線機が過剰なまでに詰め込んである。チームの面々は、パワーバーをポケットに何本か突っ込んだだけで、すべて置いてきた。グレースは、トリニダードをあとにしたときに持っていたものだけを身につけていた。寛衣の下にはまだ鞘《さや》に収めたナイフがある。ラフムは喉を掻き切られても当然だったが、首を絞めて殺した。古代中国では、着ている物を血に染めるのは、殺人を生業《なりわい》にするにひとしいという、いましめの言葉があった。

穴だらけの短い出口ランプをおりていくと、荒涼とした景色が見えた。電灯がまばらにつき、発電機の音が聞こえた。いちばん近い明かりは、一〇〇メートルほど前方の焚火《たきび》ふたつだった。かつて二カ所の駐車場に建っていたビルの残骸《ざんがい》の基礎で、その焚火は燃えていた。駐車場の横の道路で何台もの車が燃えていて、直径一メートルないし二メートルの漏斗孔《クレーター》が見えた。ウィリアムズは戦闘の写真をさんざん見ているので、それが携帯式対戦車ロケット弾《RPG》によるものだとわかった。

焚火のそれぞれの周囲に、数人が集まっていた。海からの風に吹かれて、綿のような煙がウィリアムズたちのほうへ流れてきた。ライフルを肩から吊《つ》っている男もいる。ふたりが双眼鏡を持って立ち、ハイウェイでなにが起きているかを見定めようとしていた。全員が、白い煙に包まれている亡霊のような男三人と、そのうしろの女ひとりのほうを見ていた。

「サウジアラビア人や反政府分子を見張る、自称民兵だろう」ブリーンがいった。

「べつの道を行ったほうがいい」リヴェットが提案した。

「われわれが向きを変えたら、撃ってくるかもしれない」ウィリアムズはいった。

「向きを変えなかったら、われわれに理解できないか、答えられない質問をされる」

ブリーンが指摘した。

ウィリアムズは必死で三つ目の選択肢を見つけようとした――分かれる、ひきかえす、発砲する。どれもいい結果にはなりそうにない。

「中尉――ガチャガチャ音をたてているぞ」ブリーンがいった。

「わかってる」

ヘリコプター二機が、ハラド方面からハイウェイ上空を近づいてきたので、四人ともはっとした。じきに二機が分かれて、山野とこの街の上を南北にジグザクに飛びはじめるだろう。ここを離れなければならない。

リヴェットは、ずっと周囲に目を配っていた。「ヘイ」リヴェットはいった。「出口に向けて、古いピックアップがとまってる――ふたつ目の駐車場の右側だ。見えるだろう?」

あとの三人は見た。

「戦闘員輸送用だな」ブリーンがいった。

「ああ、たぶんキーは差したままだ」リヴェットはいった。「あそこまで行ければ、この立入禁止の中間地帯を通り抜けることができる」

リヴェットのいうことには一理あった。この港町では、あちこちにこういう焚火がある。住宅や荷車を壊したり、樹木を切り倒したりして薪《まき》にし、じゃんじゃん燃やして、海からの冷たい風のなかで暖をとっている——あるいは、揉め事が起きるのを待っている男たちがそこにいる可能性がある。

そのアッルハイヤーの門番たちとの距離は五〇メートル以下で、男たちはほとんどが立ち、ウィリアムズの一行のほうを見ていた。男たちは近づいてこなかったが、四人は夜に車にも乗らずに街を目指していた。何事もなく見逃されることはまずありえないと、ウィリアムズにはわかっていた。優先すべきことはふたつある。任務が第一、チームが第二だった。

家や家族を守っている男たちと戦って殺したら、われわれはサーレヒーとおなじだと、ウィリアムズは自問した。だが、その哲学的命題よりも、現実的な問題のほうが重要だとすぐに考えを切り替えた。それをやらなかったら、われわれはここで即座に死ぬか、じわじわと殺される。

「わたしに任せて」グレースがいい、反対される前にブリーンの横へ移動した。

その動きだけでも、四人を観察していた男たちは愕然《がくぜん》として、身をこわばらせた。

男たちが話しはじめ、ひとりがライフルを肩付けして、四人のなかでもっとも背が高いウィリアムズに狙いをつけた。もうひとりが携帯無線機を持ちあげた。ウィリアムズと三人は立ちどまった。

「グレース、どういう計画だ？」リヴェットがきいた。

「右のほうの男たちを撃つ準備をして」真正面のイエメン人たちから目を離さずに、グレースはリヴェットにいった。「ひとりかふたり、倒れないやつがいるかもしれないから」

「ひとりかふたり？」リヴェットが、信じられないというようにいった。

「それに、応援を呼んでるかもしれない」グレースがつけくわえた。「だから、前もって決めておかないといけない」

民兵たちは、リヴェットの言葉を聞き、英語だと気づいたようだった。彼らは移動しはじめ、散開して、こちらの男三人に狙いをつけた。グレースは、もう避けられなくなっている銃撃戦から逃れようとするふりをして、三人から離れた。ウィリアムズは、両手をあげて降伏したくなるのを我慢した。グレースがなにを計画しているにせよ、イエメン人のそばに行く前に、三人とも薙《な》ぎ倒されるだろう。リヴェットには寛衣の下の銃を抜くひまもないはずだ。

ウィリアムズは、グレースの両腕がだぶだぶの寛衣の下で動いているのを、シルエットから察した。ナイフですべての敵を攻撃するのは無理だから、そういう計画ではないだろう。グレースがウィリアムズにもわかる動作をする一瞬前に、どういうことかわかった。

「伏せて」グレースが、鋭い声で、三人に命じた。

グレースは、ナヴェット川の船から持ってきた手榴弾《しゅりゅうだん》二発のピンを、すでに抜いていた。両腕で同時に弧を描いて、その二発を投げた。イエメン人のひとりが拳銃で撃ったが、脅威がなんであるかに気づいて物蔭に跳び込もうとした横の男に押し倒されたため、狙いが大きくそれた。

グレースは、宙返りして石の山の蔭に跳び込んだ。身を縮めたときに、手榴弾が爆発した。グレースがすぐさま顔をあげて、ターゲットを捜したとき、リヴェットが折り敷いて、置きあがろうとする敵を狙い撃った。

ウィリアムズは、ひび割れたアスファルトから顔をあげて、薄れながら吹き寄せる爆発の煙を通して眺めた。耳鳴りのせいで銃声は聞こえなかったが、民兵ふたりの腰に血まみれの穴ができて倒れるのが見えた。

「行け！」一時的に耳が遠くなっている仲間に聞こえるように、ブリーンが叫んだ。

「音を聞きつけて応援が来る！」

四人はいっせいに立ちあがって、錆《さ》びたピックアップに向けて駆け出した。リヴェットはすこしうしろを走って、あとの三人が逃げるのを掩護した。撃ってくるものはいなかったが、ピックアップのうしろに地階の窓だったとおぼしいものがあり、その奥にいるふたりの若者の顔をウィリアムズは見た。その若者たちのことを、ウィリアムズは考えないようにした。考えたくなかった。

ウィリアムズは運転席に乗った。思っていたとおり、旧式のピックアップはマニュアルだった。キーは差してあり、後部に三人が乗ると、すぐに走り出した。

「うまくすると」グレースにひっぱりあげてもらいながら、リヴェットがいった。「おれたちを見ても、仲間のピックアップだと思って通してくれるだろう」

グレースは、カンバスに覆われた武器置き場の横に伏せていた。姿を見られないように、カンバスを体の上にかけた。リヴェットは後あおり《テールゲート》のそばでうずくまり、両手にそれぞれ拳銃を握っていた。

「ここにRPGがある」グレースがいった。

「すごい」リヴェットはいった。「神の支給品だ」

「われわれ用ではないが」ブリーンがいった。

四人があとにした地獄とおなじものが、前方にもあった。ウィリアムズは荒廃した街を縫って、海に向かった。ピックアップは闇のなかを突っ走っていたし、四人は寛衣と被り物を身につけていたので、缶詰や布地――幟《のぼり》は格好の当て布だ――を漁ったり、まだ水道が通じている蛇口から水を汲《く》んだりしている女たちを守っている男たちから、疑いの目を向けられることはなかった。破壊されたのは最近のようだった。そうでなかったら、食料はとっくに持ち去られていただろう。

紅海の平らな黒いひろがりが大きくなり、文明を象徴するものも増えはじめた。港が機能していて、紛争の当事者双方が必要としているので、ビルの修繕《しゅうぜん》も進んでいた。ウィリアムズは、昔の中性子爆弾攻撃計画《NAP》を思い起こした。一九六〇年代に考え出されたもので、兵士と住民を強力な放射能の爆風で殺すいっぽうで、地形やインフラにはほとんど被害をあたえないとされていた。もとは対戦車攻撃だったが、国防総省の参謀たちは〝地域拒否〟と呼んでいた。特定の範囲を放射能で汚染し、敵部隊の進軍……と退却――を阻むためだった。

アッルハイヤーの港は、ちょうどそんなふうだった。抵抗勢力や侵略者に対する銃撃、食料の供給途絶、暴力が、船舶、整備システム、家屋を破壊しないように行なわれている。戦争を終わらせるのではなく、支え、長引かせるための戦術が浸透している。

一行は妨害されずに港に到達した。ブリーンは運転台のうしろの壁にもたれて立ち、前方を見ていた。ブリーンとウィリアムズが、最初に港を見た。放置されているコンテナ船一隻《せき》、手漕ぎボート数艘。漁船、曳船《えいせん》、哨戒艇《しょうかいてい》は見当たらない。チームが行かなければならないところへ行くのに使える、エンジン付きの船はなかった。

ブリーンは周囲を見た。

「どうかしたのか?」リヴェットがきいた。

「泊まる場所を見つけないといけない」ブリーンはいった。「この計画はうまくいかない」

ウィリアムズはそれを聞いた。おなじ結論を下していた。秘話回線ではなくてもいいから、ベリーに連絡しなければならない。海岸沿いの道路脇に、焼け落ちた食料品店があった。地階があるはずだ。なかにだれもいなければ、そこへ行けばいい。

暗い気持ちで、ウィリアムズはハンドルをまわし、明かりもない荒れ果てた建物の残骸を目指した。

# 45

ワシントンDC、ホワイトハウス
七月二十四日、午後二時三十分

ベリーは、狭いオフィスに座っていた。ドアは閉じ、心はひらき、希望はそのあいだのどこかにあった。ベリーは、イエメンのシーア派反政府勢力に関するデータベースを調べていた。サーレヒーを出迎えたのが何者にせよ、保護するには資源を必要とする。つまり、シーア派戦士が使われる。

「ということは、起きると彼らが予想している攻撃を撃退するのにじゅうぶんな規模のシーア派戦士部隊だ」ベリーはつぶやいた。

流血の地イエメンにいる派閥の数は、ワシントンDCのロビイストの数をしのぐ。該当する組織を突き止めるには、トリニダードでブラック・ワスプが成功を収めたときの手法が役に立つ。とにかく隠れ家や潜伏地点を見つけるのだ。そのために肝心なのは、敵勢力が出入りしない場所を見つけることだ。敵がいるという情報があるか、そこで味方が殺されたことがあったか、それともその両方であれば、当然ながらそこに隠れようとはしないだろう。

ベリーは、アデンでのサウジアラビア人とスーダン人の動きを調べた。港町アデンは、スンニ派の重要拠点になっている。シーア派反政府勢力が、北と海の両方から侵入するのが容易なので、それを抑えるためだった。それに、彼らは変装したり行きつけのカフェを変えたりして欺瞞《ぎまん》するような手間をかけない。八年前にアラブの春の騒《そう》擾《じょう》を煽《あお》った飢餓と政治の不安定は、イエメンでも宗派対立の内戦に火をつけたが、アメリカがそのころに雇ったスンニ派工作員が、そういう店をすでに突き止めていた。不幸なことにイエメン人工作員は能力が低く、死亡率が高かった。そもそも、頭が切れる人間なら、金だけもらって、生死を賭けたゲームのテーブルを離れていたはずだった。

ベリーは、顔認証ソフトウェアの変形を使う衣服による識別を、キャスリーン・ヘイズに依頼していた。それによって衣服を識別して、数日にわたって追跡し、複数の人間の動きを時系列で追うことができる。一集団を構成するかなりの数の人間を把握すれば、その集団の行動パターンが明らかになる。

依頼してからすぐに、応答があった——だが、それは衣服に関する情報ではなかった。


**フダイダ国際空港にいたトラックとほぼ一致。二十三分後にアデン港のサーディー海運の施設で発見。**


重要な情報だったので、ベリーは精確な座標を要求した。衛星画像には、特徴のない建物の広い施設群が映っていて、港湾労働者が動きまわっていた。これではあまりブラック・ワスプの役には立たない。

「ひと棟ずつ調べるわけにはいかない」ベリーはいった。

デスクの電話機が鳴った。ベリーは発信者を確認せずに受話器を取った。

「あなたが記録に残さない軍用機の飛行《フライト》を二度許可したという噂があるんだけど」電話をかけてきた人物がいった。

「許可した、ジャニュアリー」ベリーはすらすらと答えた。

くぐもった不機嫌な低い声で、ジャニュアリー・ダウがつづけた。「一度目は、モントリオールの殺人と関係があったと見られているＪＡＭのテロリストとの戦いがあったトリニダードへの往復。二度目は、やはりカリブ海付近のグアンタナモ発で、サウジアラビア行き。握り潰している情報があるんじゃないの、マット？」

「きみやそのほかの省庁から出ていないような情報を、わたしがどこで得られるというんだ？」ベリーはきき返した。

「馬鹿なことはいわないで」ジャニュアリーがいった。「あなたがモサド、イギリスの情報機関、リヤードの総合情報庁、その他もろもろと、個人的に取引していることは知っているのよ。わたしに、なにを隠しているの？」

「きみに？」

「わたしたちに」ジャニュアリーが訂正した。

「きみのボス、大統領にきけばいい」ベリーはいった。

「わたしたちのボス」ジャニュアリーが正した。「こんな重要なことで、どうしてあなたは秘密の任務を行なっているのよ？」

「これまでのところ、秘密とか任務とかいうことを口にしたのは、きみだけだ」ベリーはいった。

ジャニュアリーが鼻から息を吐くのが聞こえた。「わかった、マット。好きなようにしたら。だけど、国土安全保障法に一言半句でも違反したら、あなたの友だちのチェイス・ウィリアムズにつづけて、窓からほうり出すから、楽しみにしていて」

「それなら、運がよければわたしはチェイスの上に落ちて、衝撃を和らげられる」

ジャニュアリーが電話を切り、大統領が昨夜いったように、残された時間が短いことをベリーは悟った。

とにかく大統領はきっぱりと関与を否定できる立場にあると、ベリーは思った。これに指紋をべたべた残しているのは、わたしだけだ。

アミト・ベン・キモン宛に送ったメッセージを、ブラック・ワスプ・チームが受信し、ハラドで首尾よく敵手を逃れたことを、ベリーは祈った。そうでなかった場合、携帯電話がイエメン軍に押収されているおそれがあるので、ウィリアムズの携帯電話にかける危険を冒すことはできない。

そのほかに思いついたのは悪態だけだったので、ベリーは悪態をつき、サーディーの施設群についてあらたな情報を探した。なにも見つからなかった。

痛烈な皮肉をつかのま感じながら、ジャニュアリー・ダウに電話をかけて、彼女が知っていることを聞き出そうかと思った。

ブラック・ワスプの助けになるのなら、それをいといはしないと、ベリーはつぶやき、頑固に沈黙しているスマートフォンを眺めた。

# 46

イエメン、アッルハイヤー
七月二十四日、午後十時三十九分

ウィリアムズは、食料品店の先で艇庫の前にピックアップをとめた。四人はひと気のない通りを、静かに歩いていった。盗むようなものはなにもなく、住民の多くもここに来る理由がない。ブラック・ワスプ・チームを軍が捜索しているので、密輸業者も今夜はここに来ないだろう。

できれば、チームがピックアップをふたたび必要とするようなときに、まだそこにあればありがたい。いっぽうだれかにピックアップを発見されても、盗んだ人間がすぐ近くに隠れているとは考えにくいので、海かどこかに逃げたと思われるはずだった。

食料品店には、通路が七本あり、棚にはなにもなかった。空薬莢《からやっきょう》、割れたガラス、血痕《けっこん》が残っていた。床に犬の糞《ふん》があったが、かなり古かったので、食べられるものがあったのはだいぶ前だとわかった。

とにかく、腐った肉のにおいはしないと、ウィリアムズは思った。犬は糞をしただけでいなくなっている。

煙草はなくなっていたが、マッチはあったので、それをつけて地階を捜した。SIDのライトほど明るくなかったし、バッテリーの寿命は四十四時間に及ぶが、無駄遣いすることはないと思った。

地階は短い階段の下にあった。空気がこもっていて、暑かった。昼間は熱気で息苦しいにちがいない。上の店とおなじくらいの広さで、監房か訊問室に使われていたようだった。飲み物の空き缶、煙草の吸殻、肘掛けにロープを巻きつけてある椅子数脚、床に手錠がふた組、そしてそこにも血痕があった。

頑丈だというのをたしかめてから、リヴェットが椅子にドサッと座った。グレースは立ったまま、頭と顔を覆う布をはずした。ブリーンは階段に腰かけた。揺れないものの上に腰を据えるのは心地よかった。

全員が落ち着くと、ウィリアムズは持っていたマッチを落として、SIDの電源を入れた。音をできるだけたてないために、メール機能を使った。だれと協力しているのか、だれのもとで働いているのかを、あとの三人が知らないことを思い出した。それは重大な懸念材料ではないが、ベリーはそのままにしておきたいはずだった。

キモンはイエメン人に殺され、その男がキモンになりすましていた。その男は死んだ。われわれはアッルハイヤーで地下室にいて無事だが、アデンへ行く方法がない。

ベリーから応答があるまで、一分近くかかった。これほど深い沈黙、これほど深い不安をおぼえる沈黙は、いまだかつてなかった。アデンへ行く方法がないどころか、安全なところへ行く手段もない。

アメリカ海軍《USN》はそこへ行けない。まったく海に出られないのか？

この強烈な皮肉が理解されるかどうかわからなかったが、ウィリアムズは返信した。

手漕ぎボート。

　さっきよりも長い沈黙がつづいた。ウィリアムズはオイルが染みたぼろ切れを何枚かつまみあげて、出口ランプ近くで殺した男たちについて考えていたことに気づいた。罪悪感はなかったが、かなり悔やんでいた。海軍はここに来ないと伝えることで、その気持ちを封じ込めた。

「あまりにも挑発的だ」ブリーンがいった。「紅海ではね」

「どうして?」リヴェットがきいた。

「ここはサウジアラビアの主要航路だ」ブリーンはいった。「機内で情報要報を読んだ。フダイダからハラドまでの回廊は、いまもシーア派の拠点だが、サウジアラビアのスンニ派は弱い部分に探りを入れている」

「だからハイウェイでおれたちを必死で阻止しようとしたんだ」リヴェットがいった。

「そのとおり」ブリーンはいった。「神の支持者《アンサール・アッラー》は、乗組員を襲撃し、船を爆破すると脅している。航路を通航不能にするためだ。サウジアラビアはアメリカの同盟国だし――」

「つまり、アメリカ海軍が来たら、神の支持者《アンサール・アッラー》は逆上する」リヴェットがいった。

「たとえゴムボートでも」

「前にもそういうことがあった」ブリーンは説明した。「アメリカ海軍のＨＳＶ－２

スウィフト高速輸送船が、二〇一六年十月に対艦ミサイルを被弾した。駆逐艦〈メイソン〉も攻撃されたが、被害はなかった。われわれはトマホーク・ミサイルその他の兵器で反撃した——」

「それで、あそこは無法水域になったんだな」海の方角を頭で示して、リヴェットがいった。

「それと、原油流出がある」ブリーンはいった。「旧式タンカーから漏れた。ここの海岸に流れてくる。漁民が暮らしを立てられない」

「つまり、経済もだめか」リヴェットがいった。

「水面下で現金の戦いがくりひろげられている」ブリーンはいった。「サウジアラビアは世界最大のタンカー船団を築いている。それがここの大手企業、サーディー海運を脅かしている。シーア派対スンニ派ということだけではない。イエメンが生き延びるための経済資源が根本的に関係している」

ブリーンが資料を読んで記憶し、さらに重要なことに状況と関連づけられている明敏さに、ウィリアムズは感心した。ブリーンがブラック・ワスプにくわえられた理由を、ようやく悟った。

そのとき、ベリーから応答があった。

海上回収を手配。サウジアラビアのタンカー〈ディマー〉。到着午前二時十五分前後。アデン行き。英語ができる人間が見張員。午前一時前後に距離確認。

SIDの時刻表示によれば、かろうじて十一時を過ぎたばかりだった。三時間以上も、発見されるのを回避しなければならない。だが、いま示されている最良の提案だから、受け入れるしかない――イエメンから脱出するだけのためでも。

ウィリアムズが受信したことを確認して、連絡を終えようとしたとき、ベリーのつぎのメールが届いた。

NROのキャスリーン・ヘイズから最新情報。衣服IDで港湾に神の支持者《アンサール・アッラー》の支援者十数名発見。最優秀秘密戦士。ターゲットを警護している可能性が高い。

ウィリアムズはメールで返信した。

受信し、了解した。

ベリーが成功を祈ると返し、心からそう思っていることを、ウィリアムズは知っていた――たとえ自分の仕事を成功させるためであっても。

冷笑的になっている、と自分を戒めた。この場所で人間性を失ったら、二度と取り戻せなくなる。

ウィリアムズはマッチをつけてぼろ切れを燃やし、すこし大きな――大きすぎない――明かりにした。それから三人に最新情報を伝え、いちようにしかめ面を向けられた。三時間以上ここで偵察しながら生き延びなければならないだけではなく、強まる風のなかで夜間に紅海に漕ぎ出さなければならない。

「それに――待って」リヴェットがいい、階段を忍び足で昇っていった。「やっぱり」といって、おりてきた。「霧雨で、向かい風だ」

「ここで雨なんて、年に二回くらいじゃないの?」グレースがいった。「わたしたち、運がいいわね」

「じっさい、幸運かもしれない」ブリーンがいった。「パトロールが中断するだろう。兵士も雨水を溜める必要がある」

「兵長、きみも――」ウィリアムズは、指示しようとして言葉を切った。

これは民主主義的な軍なのだ。そのことに慣れなければいけない。「わたしたちも、休憩し、食べて、水をすこし集めたほうがいい」ウィリアムズは提案した。「歩哨《ほしょう》も立てる必要がある」

「おれが志願します」訳知り顔で笑いながら、リヴェットがいった。「それに」拳銃一挺を置いて、寛衣のなかに手を入れた。「ジャガイモもいくつか持ってきましたよ。生でよければ」

リヴェットがジャガイモをグレースのほうに投げたので、ウィリアムズは笑みを浮かべた。

「水を集めるのに、いっしょに行く」グレースが、豆がはいっていた空き缶をふたつ持って、残っている豆をふり落としながらいった。黒い粒が床に落ちた。「マッチは節約したらどうですか、指揮官。水は飲む前に沸騰《ふっとう》させたほうがいいでしょう」

ウィリアムズは、ちらちら揺れる火明かりのなかでうなずき、座り直した。

「教えられることは、もうなにもない」ふたりが用心深く食料品店の店内へ行くあいだに、ウィリアムズはＳＩＤを示してブリーンにいった。説明と謝罪の入り混じった言葉だった。

「ブラック・ワスプにじかに影響しない限り、気にしませんよ」ブリーンが、ウィリアムズを安心させようとしていった。「しかし、すこし前よりもほっとしているように見えますね」

「アラモの砦《とりで》にいた連中や、Dデイにイギリス海峡を渡るために待機していた連中にも、その言葉が当てはまるとしたら――まあ、そうだ」ウィリアムズは笑った。「わたしの伝手《つて》は、わたしのかつての部下を優遇してくれた。ほかの部下にもそうしてくれるだろう」

「よかったですね」ブリーンは、なにもきかずにいった。「わたしだって、ろくでもないやつとは組みたくないですよ」

ブリーンが〝の下で働く〟ではなく〝組む〟という言葉を使ったことに、ウィリアムズは気づいた。ブリーンは法律家なので言葉を慎重に選ぶ。それは重要な区別だった。最後の対決――この世で最期の日になるかもしれない――を待っているときの有益な戒めの言葉だった。

ワシントンDCやオプ・センターで働いていると、〝わたしたちはなぜ戦うのか〟という第二次世界大戦の古いスローガンを忘れがちになる。この作戦は、マット・ベリーやミドキフ大統領やチェイス・ウィリアムズの未来のための戦いではない。アメリカ国民のための戦いなのだ。

そのとき、リヴェットが、手摺につかまりながら階段を一気に跳びおりて戻ってきた。

「グレースは上です——お客さんが来る」

# 47

イエメン、アッルハイヤー
七月二十四日、午後十一時二十分

グレース・リーが、ドアがなくなっている戸口――金属枠のいっぽうにガラスの破片が残っているだけだった――の内側にしゃがんで、西の明るくなる空を眺めていると、やがてヘリコプターのローター音が聞こえた。

神の支持者《アンサール・アッラー》とその拠点についてブリーンが語ったことで、ヘリコプターがここに来た理由は納得できた。ブラック・ワスプ・チームは道路封鎖を回避し、ジャガイモを積んだトラックを乗り捨て、神の支持者《アンサール・アッラー》の戦士を殺し、ピックアップを奪った――おそらく無線でピックアップの特徴が伝えられたのだろう。そして、ピックアップが発見された。ヘリコプターのローター音は、聞きなれている軍用ヘリコプターの音ではなかった。おそらく武器を搭載していない警察のヘリコプターを転用しているのだろう。

それでも、ヘリコプターは地上の支援を呼ぶことができる。

グレースが階段を駆けおりると、地下室で三人がすでに立っていた。

「海に出ないといけない」グレースはいった。

「いますぐに？」リヴェットがきいた。

「いますぐに。ヘリがピックアップの位置をつかんで、部隊を呼ぶはずよ。ここにはいられない」

だれも反対せず、四人が一階に駆けあがったとき、ヘリコプターが到着した。グレースが予想したとおり、乗り捨てられたピックアップにサーチライトの光を浴びせていた。さいわい、ピックアップは食料品店のすぐそばではなく、かなり離れたところにとめてある。

「道路を西に進み、いちばん近い手漕ぎボートに乗ろう」ウィリアムズはいった。

ぼろ切れの火は消さなかった。踏んで消すと煙が出てひろがり、発見されるかもしれない。一分か二分たてば、自然に消えるはずだった。

リヴェットを先頭にして四人は、ホヴァリングしているヘリコプターとは逆方向にある脇の割れたガラス窓を通って、食料品店を離れた。出たところに舗装道路があり、暗いうえに慎重に進まなければならなかった。壊された店の残骸が散らばっていたし、できるだけ音をたてたくなかった。弱い霧雨が降っていて、周囲の物音がそのせいで大きく聞こえるような気がした。ヘリコプターの爆音はやかましかったが、食料品店のそちら側ではなぜか音が弱まっていた。前方の三階建ての煉瓦《れんが》のビルは放置されていたが、だれかがいないとも限らなかった。ヘリコプターが誘導する可能性がある部隊から、できるだけ遠ざからなければならない。

四人は煉瓦のビルの正面にへばりつき、ひとりずつ通りを横断して、コンクリートの波止場を目指した。ブリーン、ウィリアムズ、グレース、そして殿《しんがり》がリヴェット。銃を持っていて、最近、射場で訓練したばかりのふたりが、あとのふたりを掩護した。集合すると、木の桟橋が並んでいるところへ体を低くして進んだ。程度はさまざまだったが、どの桟橋も手入れや修繕がおろそかにされていた。

ウィリアムズは、ここに来たときに目をつけてあったボートへ、チームを連れていった。木製の古い手漕ぎボートで、長さ二メートルほどのオールがあった。折れたマストがあったが、尖《とが》った舳先《へさき》に帆はなく、帆の裾を張るための円材《ブーム》が艫《とも》の四角い肋材《ろくざい》の三〇センチ先まで突き出していた。きちんと修繕されているようで、おそらく武器密輸業者が使っているのだろう。工具が積まれ、金梃子《かなてこ》やハンマーも置いてあった。中央の漕ぎ手座をはずしてあるのは、小ぶりな木箱を積むためにちがいない。

体重がもっとも軽く、敏捷《びんしょう》で、ほとんど音をたてないはずのグレースが、最初に乗った。ボートは雨に濡《ぬ》れて滑りやすく、風で揺れていたので、安定させるためにグレースは舫《もや》い綱をひっぱった。ブリーンがつぎに乗り、ウィリアムズが三番目で、リヴェットが最後だった。ブリーンはすでにオールを握っていて、グレースが舫いを解いた。ウィリアムズは寛衣からシグ・ザウアーを出して、艇尾漕ぎ手座の左舷《さげん》側に座って、ヘリコプターのサーチライトの光の周囲に集まってきた男たちを見張った。リヴェットは艇尾に座り、岸から遠ざかるあいだ掩護した。グレースはウィリアムズとは反対の右舷側に座って、鋭い目でリヴェットの監視を手伝った。ウィリアムズの踵《かかと》が、漕ぎ手座の下にあるなにかを蹴った。ゴムで表面を覆った長い箱で、片方の端が蓋《ふた》になっていた。防水にちがいない。たぶん食料を入れるのだろうが、武器を入れるのにうってつけのようでもあった。蓋をあけると、思ったとおり、なにもはいっていなかった。ウィリアムズは遠ざかる海岸線に注意を戻した。

ウィリアムズは、紅海を雄大な海だとは思えなくなっていた。そこは扱いづらい水域で、たちまち風と雨の影響をまともに受けていた。強い風もこの海の属性なのだと、思わざるをえなかった。

それがわれわれの脱出を容易にしてくれるはずだと思った。波は船酔いを起こすほど荒くはなかったが、大気は冷たく、ブリーン以外はみんなふるえていた。

ヘリコプターが海の上を飛びはじめ、スポットライトの向きが変わるのにウィリアムズが気づいたとき、ふるえがいっそう激しくなった。

われわれが海に出たと判断したのかもしれないと、ウィリアムズは不安にかられながら思った。

リヴェットもそれを見ていて、二挺の銃でその方向を狙っていた。

「だめだ!」ウィリアムズはいった。「岸のやつらに狙い撃たれる」

「ほかにいい考えがあるんですか?」

「銃を渡せ」

「とんでもない」リヴェットがいった。「おれが――」

「物入れがある――きみの下にもあるはずだ」ウィリアムズは、切羽詰まった声でささやいた。「それに入れるんだ。ボートを転覆させて、その下にはいり、死んだふりをする」

チームは無駄のない動きですばやくそれをやった。ブリーンがオールを受け具に固定して、拳銃をウィリアムズに渡し、舷側から水に潜った。グレースは、ナイフのことを意に介さず、艇尾から跳び込んだ。ウィリアムズとリヴェットは、銃とSIDを防水容器に入れてから、水にはいった。ブリーンとグレースがすでにボートを右舷側に傾ける準備をしていて、あとのふたりも反対側で手伝った。四人で押したり引いたりしたが、残っていた長さ六〇センチのマストが、ボートの姿勢を回復させようとするので、なかなかひっくりかえすことができなかった。ウィリアムズがついに体をすこし持ちあげてブームをつかみ、水に跳び込むことで、船体を横転させた。ボートが転覆すると同時に、四人はその下に潜った。ブリーンとグレースは、舳先側の漕ぎ手座につかまり、ウィリアムズとリヴェットはブームをつかんだ。ウィリアムズは舫い綱をくり出して水面に浮かぶようにして、風でボートが流されたように見せかけた。

「名案ね」グレースがいった。

「この海にはサメがいるかな?」リヴェットがきいた。

「インド洋とつながっているから、たぶんいるだろう」ブリーンがいった。「あまりじたばた動かないほうがいい」

「ここの空気はどれくらいもつかな?」リヴェットがきいた。

「十五分か二十分だろう。キックしたりしゃべったりしなければ」ブリーンが推測をいった。

水を吸った寛衣の重みとあらがい、うねりで持ちあげられてときどき頭をボートにぶつけながら、四人は黙ってしがみついていた。一日ずっと夏の太陽に灼かれたあとなので、冷たい水もしばらくはやさしく感じられるのがありがたいと、ウィリアムズは思った。

サーチライトの白い光の輪が、海面を動いていた。発光するクラゲのように、それがボートに近づいてきて、水面下の潮流によってひろがったりよじれたりして、異様な光をこしらえていた。チームははじめて魚を見た。思ったよりもたくさんいた。海水と船体のせいでヘリコプターの音が増幅された。ヘリコプターが真上にきてとまるのがわかった。

「頼むから撃たないでくれ」リヴェットがいった。

「訓練が行き届いていたら、撃たないだろう」ブリーンがいった。「ボートに爆発物を積んであるかもしれないから」

ウィリアムズはそのときやっと気づいた——水中の輝きに照らされていたブリーンの批判する目つきによって——物入れに爆弾が仕掛けられていた可能性もあったのだ。

ヘリコプターは、ひどく長く思えるあいだ、真上でホヴァリングしていた。だれかを降下させる準備をしているのか、あるいは司令部に指示を仰いでいるのかもしれない。理由はともかく、船体を叩く雨音が着実に激しくなり、ヘリコプターはようやく針路を変えて、北東のハラドへひきかえしていったようだった。

海はふたたび暗くなり——船体の下の空気はかなり暖まって悪臭が漂っていた。

「わたしが出ていって、ようすを見る」ウィリアムズはいった。「岸にだれかがいて、見張っているかもしれない」

「ちょっと待って」ブリーンがいった。「海底に廃船らしいタンカーの影が映っているのが見えた。あと一分くらいたったら、ボートはその向こうに出て、岸から見えなくなる。だれにも見つからない」

またしてもブリーンの鋭い判断だった。ウィリアムズは称賛をこめてうなずいた。ボートがぷかぷか浮かんで流される間、ウィリアムズはこのまま水中にいられればいいのにと思った。ボートをもとに戻したら、二時間ずっと強い風にさらされることになる。

# 48

イエメン、サナア
七月二十五日、午前一時三十三分

ムハンマド・アビード・イブン・サーディーは、ふだんはよく眠れるほうだ。『聖クルアーン』を読んだあと、安全な場所に横たわって、心地よい枕《まくら》に頭を載せ、精神をやすらかにする。平安が満ち足りない理由はなにもない。だが、今夜はちがっていた。

アフマド・サーレヒーをかくまっていることや、サーレヒーを捕らえるために送り込まれたチームをイブラーヒーム・アブドゥッラーが数時間後に殲滅して、聖戦主義者のウェブサイトでその連中の死体の動画を公表する——不信心者の傲慢《ごうまん》さに二度目のあらたな傷を負わせる——ことを考えているからではなかった。

サーディーは、自分たちの宗派のためにイエメンを変えたいという構想で、興奮しきっていた。一八八一年に、スーダンのムハンマド・アフマド・ビン・アブド・アッラーフが、イスラムの救世主マフディーであることを宣言し、いまわしいイギリス人を含めた外国勢力をその地域から追放する活動を開始した。ムハンマド・アフマドは、たんなる宗教指導者ではなく、大規模な軍事作戦にも長けていて、短期間、マフディー国家を樹立することに成功した。ムハンマド・アフマドがハルトゥームを攻略した直後に発疹《ほっしん》チフスのために死ななかったら、スーダンの歴史——世界の歴史——は、まったく異なっていたはずだった。

その後、何人もがマフディー国家を模倣しようとして失敗した。サダム・フセインは、アッラーに後継者として許されるはずがないスンニ派だった。シリアとレバントのイスラム国のアブー・バクル・アル・バクダーディーは、シリアと東部地中海地方にイスラム帝国を打ち立てようとして失敗した。ウサマ・ビン・ラディンはスンニ派で、征服よりも名声と性的な罪を犯すことを志向していた。イランのあわれなアーヤットーラーですら、反抗的な若者に対して権力基盤を護ることに汲々《きゅうきゅう》として、勢力圏を拡大する構想を失っている。

反抗的な若者、サーディーは思った。彼らは預言者ムーサー・イブン・イムラーン（モーセはイスラム教でも重要な預言者とされている）の十戒を打ち砕いたのに、なんの罰も受けていない。

サーディーの骨ばった手が、想像上の細い答を握った。隅の電気スタンドだけが灯っている部屋の向かいを、落ちくぼんだ目で見やった。目隠しをしてここに連れてこられて、貞淑に暮らすことを教え込まれる数多くの罪深い若い女たちの姿が、まざまざと脳裏に現われた。誇りだけではなく、けっして衰えない熱意をこめて、思い浮かべていた。

サーディーには、テヘランのおなじシーア派の同胞とは異なり、野望を実行するための富がある。石油の流通を制御できる船があり、サウジアラビア人、スーダン人、アメリカ人がいなくなれば、紅海を支配するつもりだった——原油輸送はそこの航路に制されている。富があるので、自分の戦いの公の顔になるはずのサーレヒーを、すばやく取り込むことができた。アメリカやヨーロッパ諸国が全世界でサーレヒーを追跡しても、自分の資源を使ってたえず妨害できる。このイエメンでの戦いに勝利を収め、イランからの資源で軍備を整えて軍隊を編成し、あらゆる地域でシーア派の反乱を先導し、サウジアラビアの王室や、パキスタンとトルコとエジプトのスンニ派政権を倒し、東で旧ソ連の共和国の政府を転覆させる。

中東のあらたな地図を想像して満足にひたると、サーディーはようやく眠りに落ちた。

# 49

紅海、タンカー〈ディマー〉
七月二十五日、午前二時十二分

　サウジアラビア人のバンダル・アッスワイルは、シリア人やレバノン人の祖先の古代フェニキア人が誇っていた軍船バイリームについて読んだのをきっかけに、海に興味を抱くようになった。紀元前一四〇〇年には、フェニキア人はもうエジプトと貿易を行なっていた。母国の山からヒマラヤスギを伐《き》り出して、左右二層ずつのオールで漕ぐガレー船を建造して、果てしない海に乗り出すという途方もないことをやってのけたのだ。

　とはいえ、アッスワイルは思った。遠い昔のそういう航海は、現代の航海ほど危険ではなかった。

全長二二五〇キロメートル、幅三五五キロメートルの紅海を通航する船は一日八十隻ほどで、長距離タンカー〈ディマー〉はそのうちの一隻だった。最新鋭の機器のおかげで、夜間、荒天でも、太陽が照る午後とおなじように安心して航行できる。しかしながら、RPGを保有しているイエメン人は、昼間でも夜でもおなじようにターゲットを攻撃できるので、敵の脅威はどんな時間でも消え去ることはない。

サウジアラビアと左舷側のスーダン——近づきたくないのに、かなり近づいている——の関係が不穏なために、停泊可能な港がスーダンにはほとんどない。アデンにも寄港できないが、そこは目的地のインドのトリヴァンドラムへ行く途中にある。偶然見つけたアメリカ人を自発的に救出したように見せかける五分以内の任務を引き受けると、ブラックベリーという暗号名しか知らないワシントンDCの仲間が、五万ドルをアッラージヒー銀行に送金した。同行のリスクマネジャーのサルマン・アッサウドがみずからひらいてくれた口座だった。アッスワイルはすぐに、英語ができるので救出を担当する二等航海士のファリード・エルハーシェムに、五千ドルを送金した。

アッスワイル船長は、岸から五キロメートルほどのところに浮かんでいるはずの手漕ぎボートを捜すよう、指示されていた。雨が降っているので見張員を増やし、みずから船橋《ブリッジ》で水面を観察した。

「イエメンの船を捜せ」ブリッジにいた乗組員に、アッスワイルは命じていた。そういっておけば、手漕ぎボートくらいの大きさの小舟も捜索の対象になる。

エルハーシェムからの連絡が、指揮コンソールのアッスワイルの無線電話に届いた。

「どうした？」

「右舷約五〇メートルに手漕ぎボートを発見しました」二等航海士のエルハーシェムがいった。「何人か乗っています――まだそれしかわかりません」

「ただちに停止しろ」アッスワイルは、一等航海士に命じた。それから、エルハーシェムに指示した。「救出チームを送れ。わたしも下に行く」


ウィリアムズは、突然の大きな波に揺さぶられた。闇のなかのあちこちで、急に何人もの手が動きはじめた。ウィリアムズの手ではない。ウィリアムズの手は感覚がなくなっていた。何人もの手が手漕ぎボートの水浸しの船底からウィリアムズを助けあげて、水平を保っていてほとんど濡れていないべつの小船のようなものに乗り移らせた。それから、サーマルブランケットにくるまれた、グレース、リヴェット、ブリーンを助けている手もあった――三人とも意識はあったが、かなり朦朧《もうろう》としていた。

「ボート」それに気がつくくらい頭がはっきりしていたリヴェットがいった。「ボートが必要だ」

ウィリアムズの耳にアラビア語が聞こえ、手漕ぎボートの舳先の肋材に索が結び付けられた。扱いづらいオールや進むのを邪魔する流れではないなにかによって、やがてまた小船のようなものが動き出した。タンカーに着くと、四人は医務室に連れていかれた。脱水症状を緩和する補水液をあたえられ、ざっと診察を受けた。グレースは女性看護師によって診察室に連れていかれて、あとの三人よりもぞんざいに診察された。

船長と二等航海士が来ると、そのほかの乗組員は席をはずすよう命じられた。医務室のドアが閉ざされた。ハンドタオルを頭に巻いたグレースが、おぼつかない足どりで診察室からやってきた――その場しのぎだが、助けてくれたイスラム教徒たちに敬意を表したのだ。ウィリアムズとブリーンは診察台に横たわり、リヴェットは立って、医薬品がそろっている戸棚によりかかっていた。

二等航海士が、船長と自分を紹介した。船長が話をして、エルハーシェム二等航海士が通訳をつとめた。

「アッスワイル船長は、みなさんが無事でよろこんでいると申しておりますが、どうしてそのような状態になったのか、不思議がっています」エルハーシェムがいった。

「アッルハイヤーでイエメンの官憲の目を逃れるために、ボートをひっくりかえして、その下に隠れなければならなかったんです」ウィリアムズはいった。「しばらく――時間はわからないが――そうしていて、ボートをもとに戻し、雨と風にさらされていました」

「すごいですね」船長に伝えてから、エルハーシェムがいった。

「ここへ、どうやって運んだんですか？」ウィリアムズはきいた。

「航空磁気掃海具（ヘリコプターによって曳航する磁気掃海具。フロート二本が本体で、水中翼を備えている）です」エルハーシェムが答えた。

「この水域では必要なんです」

それを聞いて、ウィリアムズは手漕ぎボートのことを思い出した。「必要なものがボートに――」

「引き揚げて安全に保管しています」エルハーシェムが請け合った。

船長が口をひらいた。「三十五分後には上陸できそうな地域に達するから、交通艇で岸まで送ります」エルハーシェムが通訳した。「船長の勧めでは――」

ウィリアムズは、さっと起きあがった。「それではうまくいかない」といった。

「なんとおっしゃいましたか？」

「アデンへできるだけ早く行かなければならない」ウィリアムズは、居ても立ってもいられない気持ちだった。奇襲攻撃を実行しようと考え、気が逸《はや》っていた。

「しかし、あなたがたはいままで――〝風雨にさらされていた〟という言葉で合っていますか？」エルハーシェムがいった。

「それは事実だが、それでもアデンへ行かなければならない」ウィリアムズは自分がいっていることに耳を傾け、自分とチームに無理をさせようとしているのが信じられなかった――だが、だれも反対しなかった。「あなたがたに救出を頼んだ人物と、どうやって連絡をとっていますか？」

エルハーシェムが船長に質問し、耳を傾けてから答えた。

「メールです」エルハーシェムがいった。

「ではメールしてください――お願いします――そして、わたしの要求を伝えてください。なにかしら、手立てがあるはずです」船長の顔を見ていった。「わたしたちには人と会う約束がありますが、限られた時間内に会わないといけないんです」

船長がすこし考えてから首をふり、がっかりしているらしいエルハーシェムに話しかけた。

「その人物と船長が話をしたら、おろかな行為をやるよう相手を説得するはめになるので話をしたくないと、船長はいっています」

「あなたがたの国を助ける行為ですよ」ウィリアムズは反論した。

エルハーシェムが、肩をすくめた。「王家があなたがたの助けを必要とするような日が来たら、国はすでに亡びる運命にあります」

ウィリアムズには反論できなかったし、反論しなかった。

それに、ブリーンにもっといい考えがあった。

# 50

ホワイトハウス、西館
七月二十四日、午後八時

ホワイトハウスで重要な攻勢が立案されているのを、スパイたちは食事の配達トラックの出入りが増えることで察知するといわれている。マット・ベリーなら、今夜はアンフェタミンを届ける無免許の薬局――それがかなりの店舗数ある――に注意しろと助言していたはずだ。実習生までもがメディア相手の危機対応に駆り出されているので、内務省や住宅都市開発省もセキュリティ関連の予算を必要としていたし、国内保安組織は手がかりを追ってあちこちで鉢合わせしていた。

その多くが、アフマド・サーレヒーはアンティグアにいるか、そこから出発した――イランの潜水艦で脱出したという噂も含めて――と考えていた。サーレヒーが乗った潜水艦がアメリカかヨーロッパの海軍に包囲されて撃沈されるような自殺的手段をテヘランが採ったようなら、それはそれで好都合な筋書きだった。

ただ、そういう筋書きが、このろくでもない嵐《あらし》を引き起こしたのだと、ベリーは思った。イラン、船、核、サーレヒー大佐という組み合わせで。

ベリーのSIDは、左の掌に置いてあった。右手にはコーヒーを持っていた。背後には見えない軍隊、兵士、現金がある。この任務のあらゆる局面で、ベリーはそれらを投入してきた。それは容易だし、効果的だった。だが、いまは重要な瀬戸際だった。進捗《しんちょく》しているという報告だけではなく、大統領がいったようなことを果たせなかったら、大統領はまもなくよその情報機関に情報を渡すはずだった。

〝ほんとうに勇気づけられるようなことだ、マット。きわめて短いカウントダウンで実現するようなことだ〟

あいにく、ブラック・ワスプ・チームが〈ディマー〉と会合《ランデヴー》するよう手配した時点では、ベリーが着手した仕事を終えられる見込みはきわめて薄かった。タンカーではアデンまで一日半かかる。サーレヒーがそれまで隠れ家に潜んでいるとは思わなかった。それはありえないだろう。ビン・ラディンとおなじように、運まかせではなく周到に計画して、姿を消すにちがいない。そして、その計画が巧みに練られたものなら、発見するのに何年もかかるか、あるいは発見できないかもしれない。

タンカーによる回収を手配したのは、失敗の冷たい息がうなじにかかるのをベリーが感じはじめていたからだった。長年のあいだにはじめて、首を危険にさらした――〈イントレピッド〉攻撃でさまざまなことが集中的に起きたため、衝動的にそれをやった。オプ・センターの解隊、ロヴェット将軍が大統領に電話し、攻撃的なブラック・ワスプにこれを担当させるよう懇願したこと。チームをタンカーに回収させたのは、なによりもまず安全な場所に移したかったからだ。彼らの堅忍不抜《けんにんふばつ》の粘り強さ、ことにこういう作戦の訓練を受けておらず、用意もできていなかったチェイス・ウィリアムズの忍耐に、ベリーは感銘を受けていた。ベリーの推測では――臆断《おくだん》できるくらい、ベリーはウィリアムズのことをよく知っていた――ウィリアムズの原動力は、一割が愛国心で、あとの九割は攻撃を見過ごした情報機関としての失敗を身に背負い自分を鞭打ちたいからだった。

だが、非合法作戦の失敗に、彼らが死ぬか、捕虜になるということが重なったら、ベリーの仕事人生は終わりになるだけではなく、司法省、ジャニュアリー・ダウ、〝なにも知らない〟大統領までもが、マネーロンダリングや情報隠蔽《いんぺい》など、あらゆる嫌疑で自分を裁判にかけようとするはずだ。

ベリーは、大学時代から覚醒剤《かくせいざい》を使ったことは一度もなかったが、自分の場合、頭をくらくらさせるカフェインよりも鎮静剤を飲んだほうがいいとわかっていた。しかし、緊張を和らげたいと思ういっぽうで、緊張を解きたくなかった。

頭を速く回転させるほうがいいと、自分にいい聞かせ、ぬるくなったコーヒーの残りを飲み干した。

電話が鳴ってほしいとこれほど強く願うのも、大学時代以来だった。当時はパティがいた。キャンパス外での刺激的なポーカーに誘えば、大学チームのクオーターバックと別れさせて求愛できると、あさはかにも思っていた。思いちがいだった。ベリーには女性のことがわかっていなかった。まだわからないが、いまでは説得に失敗した相手や物事を金で――。

ＳＩＤが、着信音の「ワルキューレの騎行」を鳴らした。

ウィリアムズだと思い、急いで受信ボタンを押した拍子に、ベリーは空のマグカップをひっくりかえした。

「さあ！」ベリーはいった。

「大金が必要だ」ウィリアムズが、前置きもなしにいった。「タンカーにはヘリポートがあって、ヘリコプターが一機ある。ターゲットが確実に――ある程度確実にいるあいだに、アデンに到着するには、それしか方法がない」

前提条件がいくつもある。それに、ウィリアムズがいうように、かなり金がかかる。

「チェイス、きみとチームは続行できる状態なのか？」

「正直いってわからない」ウィリアムズは正直にいった。「わたしはいま横になって話をしている。しかし、攻撃距離にいるのは、やはりわたしたちだけだ。そうだろう？」

「トマホーク・ミサイルで港を破壊しない限り」ベリーは認めた。「それでは、サウジアラビアも含めてたいへんな副次的被害が生じるし、遺体も残らない。ＤＮＡの痕《こん》跡《せき》だけでは、だれも信じない」

「そういったことすべてにくわえて」ウィリアムズはいった。「この情報を伏せていたことで、きみは大衆に火あぶりにされる」

「ああ」ベリーは同意した。「そうだな。しかし、きみたちが捕まったら――」

「悪い宣伝になる」ウィリアムズはそれを受けていった。「それに、われわれもひどい目に遭う。しかし、ターゲットを殺《や》れるのなら、すぐに斃《たお》せるのであれば――その危険を冒す甲斐はある」

ベリーには、反対するつもりはなかった。秘密作戦には危険がつきものだし、外国人を買収して裏切らせるという安全策よりは実地の攻撃作戦のほうをベリーは好んでいた。

「いいか。わたしはキャスリーン・ヘイズのことをよく知っている」ウィリアムズはいった。「わたしが危険にさらされているし、ターゲットを絞り込まなければならないと、彼女にいってくれ。わたしの代わりにお礼もいってくれ。だが、その前にアッスワイル船長にメールして、いくらでも金を出すからヘリコプターとパイロットを雇ってくれと頼んでほしい」

やってみるといって、ベリーは電話を切った。

五分後、政府の金を五十万ドル使って、ベリーはタンカーに搭載されているMH-6〝リトルバード〟ヘリコプターとパイロットを雇っていた。

# 51

紅海、タンカー〈ディマー〉
七月二十五日、午前四時十四分

一時間ほど前にブラック・ワスプ・チームが医務室で体力を回復しているあいだに、乗組員ふたりが手漕ぎボートの物入れを持ってきた。男のメンバーといっしょにいるグレースを見て、驚くとともに、礼儀正しく喜色を浮かべた。

「移住候補者を生み出したようだ」ブリーンが、冗談でもなくそういった。

装備が戻ってきたことは、チームに投薬治療なみの効果をあたえた。ウィリアムズがベリーと話をしているあいだにリヴェットが銃を点検し、良好な作動状態だと確認した。グレースは鞘を捨てた――敬虔な乗組員が不愉快に思わないように、イスラム教で禁じられている革製品は物入れに残すよう気を配った――そして、ゴムバンドを使ってナイフを脚に取り付け、切っ先が刺さらないように脱脂綿と包帯を巻きつけた。

エルハーシェムが船内におりてきて、ヘリコプターとパイロットが手配できたことを、ウィリアムズに伝えた。志願したパイロットの名前はアウダー、ウェイトリフティングをやっている小柄で丸顔の男で、もとサウジアラビア王国防空軍のパイロットだった。英語は航空用語をいくつか知っているだけだった。この任務をやるようアウダーを説得する必要はなかったと、エルハーシェムがいった。アウダーの弟は、シリアで難民救済の仕事をやっていたときにISISに捕らえられ、檻《おり》に入れられてクレーンでプールに浸《つ》けられ、溺死《できし》していた。聖戦主義者のウェブサイトで水中の動画が公表された。アウダーがきいたのは、自分が戻らなかったときにメディナにいる母親に船長がいくら送金するかということだけだった。

アウダーはエルハーシェムを通じて、MH‐6ヘリコプターが小型で運動性能に優れていることをチームに伝えた。機外のベンチを使えば六人が乗ることができて、航続距離は四三〇キロメートル――アデンまで行けるし、いくらか余裕があるくらいだ。最大速度は時速二八二キロメートルで、雨とアデン湾からの風速六ノットの風のなかでも、九十分以内に到着できる。

着陸して、帰ってくるために給油する場所が必要だった。アッスワイル船長は、正規の経路ではなく人間関係を利用して、サウジアラビア海軍の将校に連絡し、アデン湾のシーラ島の脇にサウジアラビアが設置したフローティング・ヘリパッドを使用する許可を得た。

「しかし、ひとつ――支障《ヒッチ》があります」エルハーシェムが、適切な言葉を捜しながらいった。

「テイルローターが銃撃で損傷して飛べないヘリが、いまヘリパッドにあります。でも、リトルバードが着陸できる余地はあると、アッスワイル船長が断言しています」

アウダーは落ち着き払っていて、リトルバードをそこに着陸させる方法を見つけると請け合った。

「だめだったら」リヴェットが冗談めかしていった。「海に跳び込むだけだ。そういうことは前にもあったし」

準備ができると、給油の手配が整い次第――手配できればの話だが――ただちにアデンに向かうことで、チームは合意した。待っているあいだに、ベリーからふたたび連絡があった。

「キャスリーンが、ターゲットとおぼしいものを捉えている」ベリーはウィリアムズにいった。「フダイダでジェット機を出迎えた車と特徴が一致するピックアップが、波止場から数ブロックのところにとまっている。それを見つけたのは、衣服認証で追跡していたひとりがサーディー海運の倉庫からそこへ行ったからだ」

ベリーがその付近を真上から撮影した衛星写真を送ってきた。倉庫が矢印で示されていた。

「空から行くのに好都合な地図だ」ウィリアムズはいった。「わたしの代わりに、キャスリーンにお礼をいってくれたかな?」

「いっていない」ベリーが認めた。「優秀な女性に仕事をあたえた——わたしがやるべきことはそれだけだ」

国際マネーロンダリングを仕切り、非合法作戦に資金を提供している人間が、そんな細かいことに気おくれするのは、奇妙な感じだったが、ウィリアムズは受け入れるしかなかった。

「その男を識別したのはいつだった?」ウィリアムズはきいた。

「約五分前」ベリーがいった。「彼女は一度も持ち場を離れていない」

「わたしがここから離れられなくなったときには」ウィリアムズはいった。「彼女にお礼をいってほしい」

「きみは戻れる」ベリーが請け合った。「なぜなら、ヘリから離れずにいてほしいからだ」

馬鹿げた提案だった。ウィリアムズはそういった。

「三人はこの手の急襲の訓練を積んできた」ベリーがいった。「きみはちがう。それに――きみが捕らえられたら、知っていることがあまりにも多すぎる」

それは事実だった。しかし、ウィリアムズは後方に残るつもりはなかった。サーレヒーを捕らえる任務で、そうしたくはない。

「こうする」ウィリアムズはいった。「ワスプが教えてくれたたったひとつのこと――SITCOMに従う」

そこでウィリアムズは電話を切った。あとの三人が、ウィリアムズのほうを見ていた。

「後方でじっとしていろと、だれかにいわれたんですね?」リヴェットがいった。

ウィリアムズはうなずいた。

「あなたは優秀ですよ」リヴェットが、敬意をこめていった。

「いや、わたしの連絡相手がいうことは、まちがっていなかった」ウィリアムズは正直にいった。

「価値の高い獲物になるということですね」ブリーンが推測をいった。

けだったのだ。あとの三人は、準備をつづけた。

ウィリアムズははじめて、チームの一員になったという気がした。だれも不服を口にしなかったからでもあった――これまでは、仲間になるのをみずから拒んでいただけだったのだ。あとの三人は、準備をつづけた。

「それで、おれたちは小鳥《リトルバード》を手に入れたんですね」甲板《かんぱん》のヘリポートへエレベーターで昇っていくときに、リヴェットがいった。「このあたりにいる巨大な鳥、なんていったかな？　シンドバッドの冒険の映画に出てくるやつ？」

「ロック鳥よ」グレースが答えた。「千夜一夜物語の」

「それそれ」リヴェットがいった。「アメリカを離れてから乗っていないものは、それしかない。だけど――漁船、飛行機、パラシュート、タンカー、ヘリ、バス、ダンプトラックにも乗った。エレベーターにまで乗るとは、思ってもいなかった」

「救急車を忘れてるわよ」グレースがいった。

「ＲＨＩＢとＬＣＳ10も」ブリーンが、ぼそっとつけくわえた。

ウィリアムズはリヴェットのことをよく知らなかったし、ひまなときに時間をいっしょにすごしたこともないので、いまの言葉が不安を隠すための空元気なのか、ほんものの驚きなのか、判断できなかった。アデンを目指すと決まったときから、リヴェットは何度も冗談を口にしている。任務に危険がともない、予想外の急展開がしじゅう起きていることを考えれば、このあともまた、何度も冗談を聞かされるにちがいない。

ウィリアムズは、そういう気分ではなかった。腕も脚もだるく、目が疲れ、時差ぼけだけでは説明しきれないくらい、方向感覚が狂っていた。タンカーで食事をしたので、空腹に悩まされることだけはなかった。

しかしながら、ウィリアムズは、激しい怒りに満ちた集中力に支配されていた。心の目でサーレヒーの姿を見て、サーレヒーがやったことと、自分たちがここにいる理由を思い出した。死なない限り絶対にその男を捕らえるつもりだと、疑問の余地なく思った。

それに、サーレヒーを道連れにできるのであれば死をも受け入れると、すでに決意していた。あとの三人の思いを代弁することはできないが、三人ともまず行動してから結果を考えるはずだと感じていた。

乾燥機でめいっぱい乾かしたとはいえ、四人の寛衣の汚れと皺は、海から引き揚げられたときのままだった。ウィリアムズが提案し、三人が賛成したように、布地がくたびれてかなり裂けているほうが、必要なときに港湾労働者の大多数に溶け込みやすい。武器とＳＩＤは、もとの隠し場所に納めた。ウィリアムズとブリーンは、拳銃を入れてある右ポケットに手をつっこむことに慣れていた。

ヘリコプターに向けて急ぐとき、雨が寛衣を濡らして、いっそうみすぼらしくした。ヘリコプターはヘリポートからすばやく離昇し、低い雨雲を切り裂いたが、高度の上限を五〇〇〇フィート以内に維持していた。

「軍用機の航路を避けてくれ」早朝の星がちりばめられている空の下で水平飛行を開始したときに、ブリーンが指摘した。

どれほど多くの昔の詩人、占星術師、天文学者が、この星明かりを見たのだろうと、ウィリアムズは思った――つかのま、ここに自分がいることに、またしても満足感と畏怖《いふ》の念をおぼえた。

飛行《フライト》は何事もなく、ローターのバタバタという音を除けば、まったく静かで順調だった。ヘリコプターが降下して雲から出ると、西が紅海の端に面し、南にアデン湾を望んでいる港全体を見ることができた。雨が跳ねかかるウィンドウを通して、これまでは二次元の地図と画像のみで見ていた地域を三次元で確認できた。

港は広く、地形もまた、インスタグラム投稿にうってつけの絶景だった。ヘリコプターは、シーラ島にあるシーラ要塞《ようさい》の上を通過する接近経路を飛んだ。朝陽を浴びている十一世紀の大建造物は茶色い石造りで、植物が山裾に生い茂っている岬と青々とした樹木の上に聳《そび》え、雨のなかでいっそう写真向きの姿を示していた。シーラ島は南西で短いハイウェイによって本土とつながっている。島の北西側のアデン湾には船が群がっていた。もっともさかんに活動しているのは、漁船らしかった。平時のときには、やはり南東の沿岸部にある魚市場で、獲れた魚を売るのだろう。

目的地である湾岸の倉庫群は、サーディー海運が建設したもので、新しかった。シーア派とスンニ派の敵対行為が激しかったころから、大規模な港湾地帯が建設されていたが、まだ完成しておらず、小型の貨物船だけがかろうじて入港できる。ウィリアムズには、イエメンが国家として破綻《はたん》していることを、湾岸諸国のタンカーの動向が物語っているように思えた。そういうタンカーは荒廃したアデンを避けて、もっと安全な港を目指す。

ヘリコプターは、フローティング・ヘリパッドにたくみに着陸した。飛行不能になったUH‐1ヒューイを、発着場の地上員がウインチとモーターボートを使って、できるだけ端に移動させていた。MH‐6のメインローターの直径ぎりぎりの幅しかなく、アウダーが着陸させたとき、ローターの風でヒューイが揺れた。フローティング・ヘリパッドは、近くを通る船の航跡《ウエーキ》で揺さぶられるので、チームの面々は、雨に濡れた表面を歩いて、横の通路から桟橋にあがるのに苦労した。

アウダーがウィリアムズを呼びとめて、航空燃料を積んだ給油艇を指差した。たまたま近くを通過していた、湾内で艦船に燃料を補給する給油艦と比べると、ひどくちっぽけだった。ウィリアムズはうなずいて了解したことを伝え、アウダーが敬礼して、急いで給油を監督しにいった。

ウィリアムズは三人に追いつき、グレースのとがめるような視線に気づいた——ウィリアムズを批判しているのではなく、世間一般に向けられた視線だった。アウダーがウィリアムズを呼びとめたのは、指揮官だと見なしたからだと、グレースは判断したのだ。ウィリアムズは、グレースのような立場に置かれたことはなく、年齢による差別に耐えなければならなかったこともなかったので、彼女のそういう反応を批判するつもりはなかった。

ただ、タイミングがよくないと思った。戦闘に突入する前に、社会的な悪感情を心に抱くべきではない。集中力に影響をあたえる可能性がある物事が、兵士の意識や感情に根をおろすのはまずい。ウィリアムズの経験では、若い世代の兵士はそのことを学んでいない。

雨のせいで、波止場で活動しているのは、二隻の小型貨物船だけになっていた。そこにいる人間がすくない――しかも、全員が手袋をはめて、ブーツをはいていた――ので、混じり合うことはできなかった。

「あの倉庫」ブリーンが前方を指差した。「四棟のうちのふた棟目」

一行は、飾り気のない灰色のシンダーブロックの建物群を見た。銃撃か、おそらく砲撃にも耐えるように造られている。長時間の無人機攻撃にも耐えられるかもしれない。厚いシンダーブロックの壁、窓はなく、チタン亜鉛合金の平屋根はおそらく太陽を浴びても過熱しないだろう。建物にはそれぞれの屋根にエアコンの室外機があり、発電機と大きな貯水槽も据え付けてあった。屋根に登れる外階段はない。防御しやすいように屋内にあるにちがいない。だが、どのビルにも、見えている角に監視カメラがあった。四人は海沿いに立ち、その倉庫を観察した。

「籠城《ろうじょう》できる造りだ」ブリーンがいった。

「サウジアラビアか、もしくは対テロ活動に対して？」ウィリアムズは疑問を投げた。

「サーディー本人が立て籠《こ》もっているということかな？」ブリーンがきいた。

「その可能性は除外できない」ウィリアムズはいった。

「横にスプレーでペンキが浴びせられている」リヴェットがいった。いたずら書きが見える場所にいた。「反サウジ？　それとも反イエメンかな？」

「労働者が雇い主に怒っているのかもしれない」ブリーンがいった。「アラブの春は、さまざまな怒りを解き放った」

「ドアをノックするほかに、はいる方法はなさそうだな」ウィリアムズはいった。

「はいったとしても、敵の人数がわからないし、どういうふうに護られてるかもわからない」グレースがいった。「なかにはいったら、相手の戦いかたに合わせて戦わないといけなくなる。考えたんだけど——監視画像から、倉庫群の向こう側にあるピックアップトラックに彼らが行くことがわかってる。車内で——」

「その男をどうやって訊問するつもりだ？」ブリーンがきいた。

グレースはそれを考えていなかった。悪態をついた。

「やつらはそのうちにサーレヒーを移動させる」リヴェットがいった。「ここにいて、そいつらを狙い撃つ」

ウィリアムズは、首をふっていった。「〝そのうちに〟を待っている時間がない」

「どういう意味だ？」ブリーンがきいた。

「サーレヒーが隠れている場所は、わたしたちを除けば、だれも知らない」ウィリアアムズはいった。「わたしたちは現場にいて、やつのあとを追い、先行している。その状況は、約四時間後に悪化する。世界の情報システムに、その情報がひろめられるからだ」

ブリーンは、顔を輝かせたようだった。「それは好都合かもしれない。応援を待てばいい」

「なんだって？　ここにじっとしていて、指差すだけか？」リヴェットが文句をいった。

「神の支持者《アンサール・アッラー》のことを資料で読んだ」グレースがいった。「神の支持者《アンサール・アッラー》は銃撃戦に巻き込まれない。縄張りを護り、戦わなければならない敵とだけ戦う」

「アデン湾からM‐162発展型シースパロー・ミサイルが飛んできたらどうかな」ウィリアムズはいった。「われわれの駆逐艦が、あの壁に大きな穴をあけてくれる」

「そういう意味じゃないの」グレースが応じた。「本格的な戦闘を避けるはずだっていうことよ。わたしたちを偵察だと見なしているはずだから」

「おれたちがここにいるのを知ったら、ということだな」リヴェットがいった。

ブリーンは、倉庫の屋根を眺めていた。「われわれ四人は、ヘリコプターで到着し、雨のなかに立っている。それに、連中は世界でもっとも重要な指名手配者をかくまっているかもしれない」

「そのとおり」グレースがいった。

「観測員《スポッター》がいるはずだな」ウィリアムズは察した。「それを利用しよう」不意にそういった。

「どうやって?」リヴェットがきいた。

ウィリアムズは、三人に説明した。すぐにブラック・ワスプたちは動きはじめた。


イブラーヒーム・アブドゥッラーは、カードテーブルに向かって座り、《アルジャジーラ》のニュースを流しているコンピューターを見ていた。アフマド・サーレヒーは、部屋でゆっくり眠れたといったあとで、朝食を食べていた。アブドゥッラーは自室には行かず、サーディーのタンカーから交通艇が来るのを待ちながら——じつのところ、予想される攻撃を待ちながら——時計を見て、ほとんど眠っていなかった。世界中の情報機関が、サーレヒーのいどころと追跡について知らないことがニュースで伝えられていても、アブドゥッラーは奇妙だとは思わなかった。ウサマ・ビン・ラディンが襲撃されたときも、最初の数発が放たれるまで、だれも気付かなかったのだ。

ここで、そういうことが起きてはならない。

無線機から、雨音と風がカンバスをはためかせる音が聞こえた。観測員は、屋根の防水布の下で伏せている。剝《む》き出しの通風管を覆うために、カンバスにシリコン塗装をほどこした防水布があちこちにある——しかし、この防水布は、二十四時間態勢で地上を見張る観測員用だった。ライフルを脇に置いているので、いざという場合には、監視カメラよりずっと役に立つ。

「見慣れない人間四人が、こっちを見てます」無線で観測員が報告した。「そのうちのひとりは女です。こちらに向かって歩いてくる」

「表にふたり行かせる」アブドゥッラーはいった。「おりてこい——おまえにも手伝ってもらうかもしれない」

アブドゥッラーは向きをかえ、折り畳《たた》み椅子に座って、顎が胸にくっつきそうな格好で居眠りしていた部下ふたりのほうへ行った。名前を呼んで、目を醒まさせた。ふたりはたちまち機敏な態度になった。

「外へ行って、男三人と女ひとりを見つけろ」アブドゥッラーは命じた。「接近していいが、交戦するな。おれたちが待ち構えていたチームかもしれない——ほかにも人数がいる可能性が高い。おそらくサウジアラビア人が隠れているだろう」

男ふたりは、セミオートマティック・ピストルを持った。ドアのほうへ急ぎ足で行くあいだ、それを隠そうともしなかった。観測員が報告した四人を見るために、アブドゥッラーはコンピューターのスクリーンを監視カメラの画像に切り換えた。

男ふたりが現われたとき、グレースはあとの三人と分かれて、倉庫のドアにもっとも近いところに立っていた。男ふたりは、寛衣に欧米風のウィンドブレーカーという、ちぐはぐな格好だった。ふたりはグレースのほうには向かわず、倉庫から駆け出すと、エンジンをかけてあったフォークリフトのほうへ行き、運転台に跳び乗った。

べつの方角から観察するのだと、グレースは思った。そういう作戦手順なのだ。

グレースは、それをぶち壊した。すぐにフォークリフトの倉庫とは逆の側のドアへ行き、サイドウィンドウを叩いて、北京語で話しかけた。どこの言葉か、相手にはわからないかもしれないが、英語ではないことはわかるはずだった。ほんのすこし、警戒をゆるめれば、それでじゅうぶんだ。

近いほうの男がドアをあけた。グレースは手を上にのばして、男の腕を掌で叩き、力をこめた指を、ウィンドブレーカーと寛衣の布地越しに腕の肉に食い込ませた。グレースが腰をひねると、男が運転台から吹っ飛び、グレースは男の拳銃を握っている手を右踵で踏みつけた。拳銃と踵のあいだで手の骨が砕けた。グレースはその踵で蹴って、運転台に跳び込み、左右の掌でもうひとりの男の頭をそっちのサイドウィンドウに叩きつけた。男の頭がガラスを突き破ると、グレースはすぐさま両耳をつかんで引き戻し、男の喉をガラスで引き裂いた。男が拳銃を落とし、恐怖と痛みのために悲鳴をあげ、傷口を両手で押さえた。男の両耳をつかんだまま、グレースは座席のあいだの操縦装置に男の額を叩きつけた。運転台からおりるときに、右踵で最初の男のこめかみを激しく踏みつけた。

男ふたりは気絶していた。無線機から声が聞こえたが、男たちは応答できない。まただれかが外に出てきて、ようすを見なければならなくなった。グレースは、セミオートマティック・ピストル一挺を拾いあげた。何カ月も銃を持ったことがなかったので、慣れない感じだった――奇妙なことに、弱くなったような気がした。だが、フォークリフトが雨と銃弾から護ってくれるし、割れたサイドウィンドウは、ドアを狙うのに格好の場所だった。

グレースは待った。

ブリーンとウィリアムズは、戸口から死角になっているところへ移動していた。倉庫を反対側まで半周して、足をとめた。四棟ある倉庫のいずれかの屋根に観測員がいたとしても、前とうしろを同時に見張ることはできない。ウィリアムズは倉庫の表で歩哨に立っているか移動しながら警戒している神の支持者戦闘員《アンサール・アッラー》を捜し、ブリーンは寛衣の下から小型双眼鏡を出して、屋根を観察した。

「屋根の縁にはだれもいない」ブリーンがいった。「観測員がいるとしたら、長距離から撃つ備えをしているだろう。近くの周囲を狙うには、屋根の縁まで行かなければならないはずだ」

「われわれがまた見つけていない出口があるはずだ」ウィリアムズはいった。

「その可能性は濃厚だ。やつらが裏から逃げ出さないようにしなければならない」

「行こう」ウィリアムズは、ふた棟目の倉庫に向かった。

フォークリフトの車内でなにがあったのか、アブドゥッラーははっきり見極められなかったが、サイドウィンドウには女の顔があり、配下ふたりは見えなかった。アブドゥッラーは、ひとりにサーレヒーを迎えにいかせて、残った五人を集合させた。

「強襲を受けている」サーレヒーが来ると、アブドゥッラーはいった。「ふたりやられた」ひとりを指差した。「裏から出て、ピックアップを取りにいけ」べつのふたりを指差した。「おまえたちが掩護しろ」四人目と五人目を指差した。「おまえたちは正面ドアだ。おれは大佐といっしょにいる」

五人がすばやく効率的に行動した。

やつらにサーレヒー大佐を渡しはしないと、アブドゥッラーは決意していた。


ピックアップを取りにいくよう命じられたドウ・バーシャは、倉庫の外側に沿い、雨のなかを小走りに進んでいった。戸口の内側で向きを変えながら動きを追っている仲間ふたりの視界から出ないように、気をつけていた。ピックアップは、だれかが取りにいくときに武器で支援し、見張れるような位置にとめてあった。

バーシャもたえず視線をあちこちに動かしていた。走るあいだ、ウジ・サブマシンガンが左右に揺れた。三号倉庫と四号倉庫のあいだの通りにとめたピックアップとの中間まで進んだところで、バーシャは立ちどまった。ピックアップがとめてある場所は、二号倉庫の裏口の斜め前方に当たる。

バーシャのところから見えるタイヤ二本が、ぺしゃんこになっていた。だれがやったのか見届けようとしたとき、ピックアップの前部とそんなに離れていない四号倉庫の遠いほうの角に、隠れもせずに立っている男ふたりが目にはいった。武器は持っていない――ただそこに立っていた。バーシャはサブマシンガンを構え――きりきり舞いをして、倒れ、死んだ。つぎの瞬間には、戸口の内側にいたふたりが内側に吹っ飛び、自分の血の上に倒れて、滑っていった。

「おまけ……ボーナスポイントってやつだ」ピックアップの蔭から身を起こしたリヴェットがいった。

リヴェットは先ほど、あとの三人と分かれて駆け出し、サウジアラビアが支配している区域との境を抜けて倉庫群を迂回していた。目標はピックアップトラックだった。即動可能なターゲットが見つかるという確信はなかった——だが、撤退にも備えなければならないと、チームの全員が同意していた。リヴェットはウィリアムズやブリーンとは話をしなかったが、ブラック・ワスプは以心伝心で行動する訓練を受けている。今回もそれをやった。比較的攻撃されにくい場所にスナイパーを配置し、敵においしいターゲットを見せる。それを撃とうとする敵は、反撃に対して脆弱《ぜいじゃく》になる。

リヴェットはじっとしていなかった。ブリーンとウィリアムズは、すでに倉庫のあいている裏口に向けて移動していた。リヴェットはふたりを掩護しながらつづいた。

アブドゥッラーは銃声を聞き、配下が敵に発砲したのだと思ったが、裏口のふたりが撃たれて倒れ、内側に滑ってきたのを見て激怒した。サーレヒーは、拳銃を二挺渡されていて、攻撃を撃退する構えをとっていた。入口は二カ所しかない。ふたりいれば護ることができる。

銃声を聞いて、正面ドアのふたりがふりむいた。アブドゥッラーは指を一本立てて、裏のドアを指差した。ひとりがそこへ走っていった。アブドゥッラーは、中央の指揮所にサーレヒーといっしょにいた。襲撃に備えて配置してるセメントを詰めた木箱の蔭で、ふたりはうずくまった。

そんなに長く待っていたわけではなかったが、倉庫内の四人にはひどく長く思えた。四人は目を光らせ、耳を澄ましていた。屋根の波板を雨が絶え間なく激しく叩いていた。接近してくるチームはやりにくいにちがいない。たとえゴム底の地下足袋《じかたび》をはいていても、この大雨のなかで効率よく移動するのは——。

切れ目のない連射の音が、正面ドアから湧《わ》き起こった。アブドゥッラーは、銃撃が開始される前に、べつの音を聞きつけていた。

「フォークリフトだ！」正面ドアの見張りが、一瞬ふりかえって叫んだ。

「撤退しろ！」アブドゥッラーは命じた。

見張りは指示に従わず、戸口の外に出て見えなくなった——ややあって、フォークリフトの荷受け枠《バックレスト》とマストが戸口に突っ込み、そこを完全に塞《ふさ》いだ。

それよりすこし前に、グレースはフォークリフトを前進させ、外側にひらいていたドアの裏側に入れた。そこにとめたことで、戸口の男が右に注意を向けた。男が脚を狙い撃つことを思いつく前に接近するのが目的だった。予想どおり、男はまず運転台を狙い撃った。雨に濡れたサイドウィンドウが砕けて、だれも乗っていないことに気づいた男が、銃口の向きを変えようとしたときには、グレースはフォークリフトのヘッドガードの上に登り、マストの蔭で腹這いに伏せていた。男が向き直って、生き残りの仲間に警告しようとした瞬間、グレースは跳びおりて、ドアの左側へ突進し、男に発砲する隙《すき》をあたえずに襟首をつかみ、男のぼんのくぼに、ニードロップを食らわせた。男は指と足をひくつかせただけで、動かなくなった。

拳銃を捨てていたグレースは、あらたに拳銃を奪うことなく、ドアのそばでしゃがんだ。銃声を調べにくる敵の足音が聞こえないかと、耳を澄ました。だれも来ない。アウダーにも聞こえたにちがいない。じっとしているようみんなに命じたはずだ、とグレースは思った。

グレースは、捕食動物なみに超鋭敏になっていた。緊張はエネルギーの流れを妨げるので、両腕をのばした翼のように大きくひろげ、流麗に動かした。白鶴拳。溜めてあった攻撃性を腹――丹田《たんでん》の混沌《こんとん》のなか――から移動し、危険な衝動による行動を抑制する。いまのグレースは、宙返りを打って突入し、目にはいる人間と物をすべて引きちぎりたいという衝動に駆られていた。

だが、なかにいる人間は武装しているし、ドアの外でなにが起きたかは謎《なぞ》にして置いたほうがいい――そうすれば、彼らの心のなかで謎と恐怖が膨れあがるはずだった。

そこで、フォークリフトを突っ込ませ、戸口を完全に塞いだ。

仲間がそれぞれの位置でＳＩＴＣＯＭを遂行すると確信し、グレースは待った。

裏口では、十九歳のアクラム・イブン・ハイヤームが、照星と銃身だけを金属製のドア枠の先に突き出してしゃがみ、行動したくていらだっていた。ハイヤームは司令官と偉大な大佐を護り、自分たちの国に厚かましく足を踏み入れた不信心者を撃退したいと、熱意を燃やしていた。そのためなら死んでもかまわないと思っていた。そうなったら天国へ行き、残された仲間に神の恵みを授けることができる。

ハイヤームは、うしろで死んで横たわっている仲間ふたりに護られていると感じていた。彼らの血がブーツの底について栄誉をあたえていた。いまもふたりが耳もとで助言をささやいているような気がした。

殺せ、とふたりはいっているようだった。

不信心者たちは、臆病《おくびょう》だった。安全な場所から戦士たちを殺したあと、また身を隠している。司令官のアブドゥッラーがおなじ手法を使うことを、ハイヤームは知っていた――かつてサウジアラビア人の言語学者を殺したときには、それでうまくいった――しかし、二十歳にもなっていない戦士のハイヤームは、それでは満足できなかった。神の支持者《アンサール・アッラー》に参加する前に、ハイヤームはモースルではＩＳＩＳといっしょにキリスト教徒の首を斬《き》ったことがあった。

どんなときでも、やつらに自分を殺す人間の姿を見せ、恐怖を抱かせるほうが興奮できる。

アクラム・イブン・ハイヤームは、鼻から息を吸い、唇がめくれて、野獣のように歯が剝き出しになった。やつらは外のどこかにいる。ハイヤームは。銃身をすこしずつ突き出し、体をおなじように ゆっくり前に進めた。

ハイヤームの手が炸裂《さくれつ》し、銃が吹っ飛んだ。ハイヤームがすこし前のめりになったとき、一発の銃弾が左こめかみに突き刺さって、頭蓋骨《ずがいこつ》の前の部分を引きちぎって、右から射出した。

ブリーンとウィリアムズは、倉庫のいっぽうの側にいた。リヴェットは反対側にいた。ブリーンとウィリアムズが射線にはいらないように壁の蔭にいたときに、リヴェットが狙い撃った。フォークリフトでふさいだ戸口のすぐ横で、おなじように壁ぎわに立っていたグレースと、連絡をとる必要があった。

いままでは、出口は一カ所しかない。入口もそこしかない。だれもまだそこをふさいでいない。

リヴェットは、ウィリアムズが角の向こうから自分のほうを見るのをずっと待っていた。ウィリアムズが覗いたとき、リヴェットは自分を指差してから、裏口ドアを指差した。ウィリアムズは首をふろうとしたが、またしても自分が指揮しているわけではないことを思い出した。しかし、ウィリアムズは急に片手をさっとあげて、必死で合図し、リヴェットを制した。

つぎの瞬間、グレースの最後の手榴弾がフォークリフトの上を飛んで、倉庫内で爆発した。突撃があると予想した敵が発砲した。グレースは急いでウィリアムズとブリーンのところへ行った。

「倉庫内の中央」グレースはいった。「悲鳴が聞こえない――たぶんバリケードで護られてる」

「それに、敵は人数が足りない」ブリーンがいった。「裏口にひとりしか配置しなかった」

「それでも、だれかが正面のドアを見張らないといけない」ウィリアムズはいった。

「わたしが行こう」ブリーンがいった。

ブリーンが心の底では隠れ平和主義者なのだというウィリアムズの確信は、いっそう強まった——意図的にそういう人間を参加させたのだ。こういうチームに良心的な人間がいるのは、悪いことではない。

リヴェットが近づいてきて、ドアの反対側に立った。

「もう手榴弾はないんだな？」ウィリアムズは、グレースにきいた。

「あいにく」

「獲物はふたり以上いる」リヴェットがいった。「サーレヒーがいるとしたら、親玉が付き添っているにちがいない」

ウィリアムズはうなずいた。

「膠着《こうちゃく》状態はよくない」リヴェットがつけくわえた。

石が崩れる音が聞こえたので、四人ははっとした。

「わたしがぶつけたドアよ」グレースがいった。「かなり傷んでた」

「ジャズ」ウィリアムズはリヴェットにいった。「そっちへ行って、もっと崩したらどうかな。そこから突入するか、あるいは戦車がつづいてやってくるように見せかけて」

「やつらの銃撃を引きつけて、こっちから突入する」リヴェットがいった。「いいですね。でも、あなたが撃って、おれがここからやるほうが、ずっと勝算がある」

「そうだが、わたしのSITCOMだ」ウィリアムズはいった。

リヴェットがにんまり笑って、来た方角へひきかえし、正面ドアの前を横切らなくてすむように迂回した。

グレースとウィリアムズが残り、グレースはウィリアムズのうしろに立っていた。

「わたしたち、どういうふうにやるの?」グレースがきいた。

「わたしたち、じゃない。わたしがやる」ウィリアムズはいった。

「どうして?」

「正直いって、わからない」リヴェットが射撃をはじめるのを待つあいだに、ウィリアムズはいった。九ミリ口径のシグ・ザウアーXM17を肩の高さに持ちあげて構えた。

「わたしには未知の分野だ。ただ、やらなければならないとわかっている」

「尊重するわ」グレースがいった。それしかいわなかった。グレースがこのやりかたを尊重し、なおかつなにか起きたときには突入できるよう身構えるはずだと、ウィリアムズにはわかっていた。

数秒後、自動火器の低いうなりと、シンダーブロックのかけらが飛び散る音が、倉庫内からの銃撃を招いた。テロリストたちはターゲットを捉えているわけではなく、ＩＳＩＳがいう〝死の壁〟をこしらえようとしているだけだと、ウィリアムズは思った。イラク軍にファルージャを奪回される前に、ＩＳＩＳはそのやみくもな防御を行なった。

倉庫内から銃声が聞こえると同時に——銃はおそらく二挺か三挺だろう——ウィリアムズは思い切ってなかを覗いた。ＣＥＮＴＣＯＭにいたころ、無数の監視写真や、攻撃中のヘルメットのカメラの画像を処理したときとおなじように、頭のなかでただちにその速射画像を戦術的に処理した。

木箱をならべてあるなかに、男がふたりかがみ込んでいた。距離は七、八メートル。全面的な強襲を避けるために、木箱を横倒しにして、迷路のようにならべてあった。だが、銃撃から身を護るには、高さが不足していた。

頭が見えるほど低かった。

ひとりの頭は長いクーフィーヤに覆われていた。もうひとりが、アフマド・サーレヒーにちがいない。

ウィリアムズは、サーレヒーの姿を見て、胸の奥で炎が燃えあがるのを感じた。戸口から顔をひっこめようとはしなかった。ふたりはウィリアムズのほうを向いていなかった。だが、銃撃が牽制《けんせい》だと気づいたとたんにふりむくかもしれない。ウィリアムズは躊躇せずなかに跳び込んで、クーフィーヤをかぶっている頭に三発撃ち込んだ。その男の体が右に浮きあがり、倒れた。ウィリアムズは引き金に指をかけたまま、撃ちつづけた。前の木箱から銃弾が跳ね返ったので、サーレヒーがあわててあとずさり、木箱の細い端に隠れようとした。撃つのをやめていた。ウィリアムズはその隙に、拳銃を前に構えたままで、大股《おおまた》に前進した。

サーレヒーの頭に銃口を向けていた。

「やめろ！」相手にわかる英語はそれだけかもしれないと思い、ウィリアムズは叫んだ。

サーレヒーはすでに向きを変えて、アブドゥッラーを撃って致命傷を負わせた人物のほうを向いていた。拳銃を二挺とも落として、両手を挙げた。リヴェットがフォークリフトの上に登り、だれかが隠れていないかたしかめるために、銃をあちこちに向けているのが目にはいった。

「いい腕してますね！」リヴェットがいい、自分がこしらえた隙間からはいってきた。ブリーンがつづいた。

サーレヒー大佐が、ゆっくりと立ちあがり、ウィリアムズと向き合った。魂の平穏を見出《みいだ》した表情だった。周囲の死体や、自分の精神の黒い汚点や、捕らえられたことを、意に介していないようだった。それどころか、ウィリアムズが近づき、自分を捕らえたのがアメリカ人だと推理したときには、安心したように見えた。これから数年つづく航海の成り行きがわかっている男——いや船長——のようだった。アメリカで自分が裁判にかけられるあいだ、政府やそのほかの強大な勢力が釈放を求めて争うはずだと、サーレヒーは読んでいた。これから重要視されるのは、自分が犯した行為ではなく、復讐に燃えるイラン人戦士、誉れ高い聖戦主義者、オプ・センターに不正な扱いを受けた人間といったような多面的なシンボルだということを、サーレヒーは見抜いていた——オプ・センターの存在やその軍事部門のＪＳＯＣチームのことが暴かれるだろう。サーレヒーの弁護人が、その目的だけに集中し、そうなるように活動するはずだ。弁護が行なわれるあいだ、自分はこうして自信に満ち、正義ぶって、温和な顔をしていればいいというのが、サーレヒーの本音だった。

ウィリアムズは、サーレヒーの心臓を撃ち抜いた。サーレヒーがゆっくり体を半分まわし、仰向《あおむ》けに倒れた。

「なんということだ！」木箱のあいだを抜けてきたブリーンが叫んだ。「ああ、なんということだ！」

ウィリアムズはその場に立ち、腕を下げた。うしろでグレースがたてる音を聞き、リヴェットが勝ち誇って拳《こぶし》をふるのを見た。明らかに怒っているブリーンが詰め寄った。

「あなたには決める権利もやる権利もない」ブリーンがいった。

「こんなやつ、くたばっちまって当然だ」リヴェットがいった。

ブリーンはそれには耳を貸さず、ひざまずいて脈を探った。サーレヒーの手首を放した。「われわれはこいつを捕らえたんだ！」甲高《かんだか》い声でいった。「こいつは降伏した。裁きにかけるべきだった」

ウィリアムズは、ブリーンの顔を見た。「裁きにかけられたのだ」

ウィリアムズは、寛衣からＳＩＤを出して、かつてサーレヒーを写した防犯カメラとほぼおなじ方向に立った。死んだテロリストの写真を撮った。顔に傷はついていない。その写真と短い要約を、マット・ベリーに送信した。

# 52

ワシントンDC、ホワイトハウス
七月二十五日、午前零時

ジャニュアリー・ダウがオフィスのソファで仮眠をとっていると、大統領秘書のナタリー・キャノンから電話がかかってきた。逃走中のアフマド・サーレヒーに関する〝新情報〟のことで、ミドキフ大統領が情報関係者の緊急会議をひらくという。たちまち頭がはっきりしたジャニュアリーは、運転手にメールを送り、エレベーターの鏡を見てすばやく髪を梳《す》き、黒いパンツスーツのぐあいを直した。

Cストリート北西《NW》はペンシルヴェニア・アヴェニュー１６００に近いし、深夜なので道路は空いていた。ジャニュアリーはその七分のあいだに、最新の情報要報をタブレットで確認した。テキサス州オースティンで母親がよくいっていたような〝間抜け〟な状態で会議に出たくはなかった。母親のエンジェルは若い寡婦《かふ》で、臨時雇いの社員として働いていた。新しい会社に移るときには、べつの臨時雇いの社員に、かならずその会社のことを質問した。

「手管と知識で取り入ることができる」エンジェルは、若い娘にいった。「知識は尽きないし、古くならない」

「なにもない」ジャニュアリーは激怒し、声を殺していった。数多くの憶測がなされ、数多くの都市や地域が逃亡先ではないとして除外されていた——だが、確実なことはなにもない。たとえば、トリニダードに急遽《きゅうきょ》派遣されたＣＩＡチームはつぎのように報告していた。

午後十一時二十分

ＪＡＭの襲撃者に対する暗号名〝ライオンの群れ〟。まとまりのない攻撃。彼らが襲った診療所の医師は、アジア系の女性ひとり、ジャンプスーツを着た白人ひとりを見ている。川での襲撃と特徴が一致する。ＪＡＭのオーガナイザーは指を噛み切るよう要求された。外科医がつないだ。分析結果：ギャングの襲撃。

NROがつけくわえていた。

午後十一時二十九分
JAMカナダ・チームは、ポート・オヴ・スペインからドイツのミュンヘン経由でイエメンのサナアへ行き、ポート・オヴ・スペインに戻り、モントリオールへ行った。十七カ月間カナダにいた。イエメンでの活動をELINTデータベースで調査中。

FBIは短く記していた。

午後十一時五十九分
パキスタン大使館監視で見られたのは既知の外交官のみ。当直交替。

要するに、こういう一匹狼《おおかみ》もしくは一匹狼もどきの襲撃に関する情報更新の手順は、つねに決まりきっていた。陰謀がどういう方向に進められるかを、順序だってたどろうとする。コンピューターで分析しても、進捗は遅い。それに、アルゴリズム、測定基準、その他の情報機関が使うツールは、生データを必要とする。

「あなたって、ほんとうに馬鹿」頭のなかのチェイス・ウィリアムズの姿に向けて、ジャニュアリーはいった。ウィリアムズはそのデータを握っていたはずなのに、失敗を犯した。

トレヴァー・ハワードとマット・ベリーの車が駐車場にとまっているのを見ても、ジャニュアリーは驚かなかった。なかにはいる前に、だれと対決することになるかを知っておくことは、〝知識〟の一部だった。FBI、CIA、国土安全保障省の幹部が来ていないことに、ジャニュアリーは驚いた。そのことは、きわめていい兆候か、きわめて悪い兆候のどちらかだった。そのどちらであるにせよ、明らかに失速している捜査の最前線に立つよう頼まれるか、あるいは捜査を進展させることができなかったとして――生贄《いけにえ》の仔羊として――クビになるのだろう。

「そんなことはさせない」ジャニュアリーはそう思いながら、西館のセキュリティを通った。到着したことがオーヴァル・オフィスに伝えられ、ジャニュアリーはタブレットを小脇にかかえて、廊下をきびきびとした足どりでオーヴァル・オフィスに向かった。館内ではかなりの動きがあった――データ処理をやっているのだろうと思ったが、被害対策《ダメージ・コントロール》の可能性も高い。〈イントレピッド〉攻撃に対する非難は、国土安全保障省とホワイトハウスの両方でひろまっている。さきほどジャニュアリーが読んだデータには世論調査が含まれていて、ミドキフが選んだ最有力大統領候補ロジャー・リーヴァイの支持率が、五五パーセントから四四パーセントに急落していた。

ジャニュアリーは、歩哨の海兵隊員のそばを大股で通り、「そのままはいって」とナタリー・キャノンにいわれてドアをあけると、ミドキフ、ハワード、ベリーが、コーヒーテーブルを囲むソファ二台に分かれて座っていた。ベリーは独りで座っていた。

ジャニュアリーはドアを閉めて、ベリーの前のノートパソコンを見たが、空いている席にスクリーンが向いていなかった。ジャニュアリーは、ベリーの横に座った。だれも笑みを浮かべていなかったが、雰囲気はありありとわかった――静穏という言葉が、頭に浮かんだ。

ベリーが、ノートパソコンのスクリーンをジャニュアリーのほうに向けた――トウモロコシを火にかざして焼いているかのようにゆっくりと。ひとつの画像が映っていた。それは男の顔で、まちがいなくアフマド・サーレヒーだった。目をかっと見ひらいている。コンクリートの床に仰向けに倒れ、体の下で血だまりが左右対称にひろがっていた。胸にひとつだけ、銃弾による穴があった。

その写真は情報システムに送られていて、最高の保全適格性認定資格を保持していないと閲覧できないセキュリティ・レヴェル1に分類されていた。タイムスタンプは

WH12：07。つまり、ジャニュアリーがセキュリティを通過した時刻とほぼおなじだった。

ジャニュアリーは、眉根を寄せた。この画像はホワイトハウスから発信されたばかりなのだ。

「神の支持者《アンサール・アッラー》のチームも殲滅した」ベリーが説明した。「リーダーも含めて、と聞いている」

大統領が、コーヒーテーブルに置いてあった携帯電話を取った。

「ナットか？　五分後に報道官をよこしてくれ」大統領がいった。

「だれが、どこでやったのですか？」だれにきくともなく、ジャニュアリーが質問した。

ベリーが答えた。「チェイス・ウィリアムズが、イエメンのアデンで」自分のSIDを見た。「二十三分前。前述の神の支持者《アンサール・アッラー》との銃撃戦で」

ジャニュアリーの休みなく働いている有能な頭脳は、データを時系列に組み立てたが、なんとなく腑に落ちなかった。オプ・センターが解隊されたあとで、ウィリアムズが特殊部隊を統率したとして――おそらく以前のJSOCチームだろう――モントリオールの暗殺犯を動かしていた組織を潰すためにチームがトリニダードに派遣され、そこで不可欠な情報を得るために銃撃戦を行ない、海軍の支援で脱出した。その後、イエメンで夜間降下したか、海から上陸したのだろうか。

「彼は無事ですか?」ジャニュアリーはきいた。

「無事だ」ベリーがいった。「きみがそうきいたと伝える」

「だれがどうやったかを、報道機関に明かすつもりはない」大統領がいった。「ただ〝特殊部隊〟だとする。それだけだ。しかし、きみにその情報源になってもらいたい」

ジャニュアリーは、どういうことかわからず、凍り付いた表情になった。それに自分でも驚いた。「そうですか。理由は?」

「わたしたちの情報機関がずっとやっていた、ということにしなければならないからだ。それが粘り強く手がかりを追い、敵が地下に潜る機会をあたえないように、チームを現場で動かしたということにしたい」

「どうしてわたしを?」ジャニュアリーはきいた。

「きみのところ以外の情報機関にやらせたら、当然ながら激しい怒りの嵐を浴びるだろう――もちろん、内々では、きみが情報を伏せていたことは、よく思われないだろうが」

「任務のきわめて高度な秘匿《ひとく》性を護るためだ」ベリーがいい添えた。「個人的な出世のためではなく」

「そうですね」カフェインのせいでギラギラ光っているとおぼしいベリーの目をまっすぐ見ながら、ジャニュアリーはいった。「だれもそんなことはやらないでしょう」

「きみは信頼されているし、鋼鉄のような気骨がある」ミドキフはいった。「それに、率直にいえば、オプ・センターや、DHS、CIA、FBIのような名高い機関とはちがって、評判に泥がついていない——そういった組織のソーシャルメディアでのマイナス評価は、レッドゾーンに達している」

「いっぽうINSは目にも留まっていない」ジャニュアリーはいった。「わたしたちも、もっとツイッターを使わないといけませんね」

「大至急そうしてくれ」ハワードがいった。「記者会見は午前一時にはじまる」

「そうなんだよ」大統領がいった。「きみに演壇に立ってもらいたい。質問はいっさいはねつける——ネズミを食べたばかりの猫みたいに」

「それならできますよ、大統領」ジャニュアリーが、すこしチェシャ猫じみた顔でいった。

「前にも彼女がそれをやるのを見たことがあるよ」ハワードが、無邪気にいった。

ジャニュアリーは、大統領に向けていた視線をハワードに向けてから、ベリーを見た。ベリーがこっそり思い浮かべているジョークがどういうものであるにせよ、ハワードはそれを察していないようだった。ここで集まるまで、ハワードはなにが起きていたか知らなかったにちがいないと、ジャニュアリーは思った。大統領とおなじフットボール・チームに属していたハワードですら情報を伝えられていなかったのだとジャニュアリーは気づいたが、あまり慰めにはならなかった。

「すごいですね」ジャニュアリーはいった。「ふたつの戦線に取り組んで、両方とも勝つというのは」

「国民に成り代わってやっただけだ」ベリーはいった。

「ジャニュアリー、マットのいうとおりだ――これはアメリカにとっての勝利だ」ミドキフはいった。

「それに、チェイスにとっても」ベリーが、辛辣《しんらつ》につけくわえた。

しかし、ジャニュアリーは、ベリーの手腕を認めざるをえなかった。詳細がどうであっても――どうにかして、それを突き止めるつもりだったが――この会議でおおっぴらに褒《ほ》め殺しにされたことも含めて、この作戦にはベリーのにおいがこびりついている。ミドキフ大統領のほうは、疲れ切っていてベリーの魂胆《こんたん》が見えていないか――ジャニュアリーがずっと疑っていたように――多少、純朴なところがあるのだろう。

母親のエンジェルなら、彼にたいそう感心したかもしれない。ミドキフは自分が蓄えなければならない知識を、他人の頭に保存している。

大統領が、ジャニュアリーのほうへ体を向けた。「きみが報道官にブリーフィングを行ない、そのあとで情報機関の幹部をすべて危機管理会議室《シチュエーション・ルーム》に集める」腕時計を見た。「午前八時に、サーレヒーの逃亡を手助けした勢力の報復が考えられるから、それに対処する計画を練る」

「きみの記者会見は、あちこちで炎を燃えあがらせるだろうね」ベリーが助言した。

「わたしたちは、ＪＡＭがこれをやったとは思っていない」ハワードがいった。「それだけの力も、活動範囲もない。イエメンの強力な当事者を見つけなければならない。まず、サーディー海運の倉庫をだれが用意したかということから」

「ムハンマド・アビード・サーディーからはじめたらどうですか？」ジャニュアリーは、自分の考えをかなり大声でいった。「数十年前から、サーディーは公の場で姿を見られていません」

「中東のハワード・ヒューズだな」ベリーがつけくわえた。

「まあ、それは朝の会議の議題にすればいい」大統領はいった。立ちあがりながら、ベリーに目を向けた。「この勝利はきみのものだ、マット」

「それとチェイスの」とつけくわえた。

「彼はわたしたちにひとつ借りができた」ハワードがいった。

ジャニュアリーもそう思っていたが、口にするのははばかられた。

「すこし休む」大統領がいった。残っていたエネルギーが漏れて、すこし元気をなくしているように見えた。「八時に会おう」

大統領はそれだけいうとオーヴァル・オフィスを出ていき、スーズ・ベンダー報道官がはいってきた。

ミドキフは戸口を通るときに、疲れている秘書と警戒を怠《おこた》っていない海兵隊員に聞こえるところで、クリントン政権がイラクの連合国暫定当局代表に任命したポール・ブレマーが二〇〇三年十二月の記者会見でいったのとおなじ文言をわざわざ口にした。

「みなさん、わたしたちは彼を捕らえました」

# 53

アデン湾上空、リトルバード
七月二十五日、午前七時二十五分

「チェイスが撃ってなかったら、おれが撃ってたはずだ」リヴェットがいった。「だって、おれたちはそのために訓練を受けてるんだから」

倉庫をあとにした四人は、静かにすばやく、待っていたヘリに戻った。リヴェットは窮屈な機内で座っていて、向かい風と戦って雲の上に出ようとするヘリのローター音のなかでグレースとブリーンに聞こえるように、大声で叫んだ。給油を済ませてあったMH - 6は、なんの支障もなく離陸して、南から叩きつける雨のなかを突き進んでいた。三人ともあまり機嫌がよくなかったが、ウィリアムズに怒っているわけではなかった。

ウィリアムズは、うしろの議論には耳を貸さず、パイロットのとなりに無言で座って、波止場での自分の行動を思い返していた。

「あの男は撃たれたんじゃない。処刑されたんだ」ブリーンがいった。

「なんの罪もないひとたちを虐殺したやつなのに？」リヴェットがいった。「やつは殺人犯だ——殺人犯だった。もうアメリカ人を殺すことはできない。来世がどんなにエキサイティングでも、パキスタン人化学者の仲間のところへ行ってよかったと思う」

「パキスタン人の幼い女の子は、兵長？」怒りをこめた声で、ブリーンがきいた。「化学者の孫娘だよ。死んでよかったと思うか？」

「テロリストたちの活動の犠牲者だ」リヴェットはいった。「焼夷装置を造った祖父は、殺戮《さつりく》現場にあの子を連れてくるべきじゃなかった」

グレースはリヴェットとならんで座り、うしろにテールビームがあった。ブリーンはコクピットに背を向けて座っていた。

「アフマド・サーレヒーは、宇宙の調和を破った」グレースはいった。「彼にすべての責任がある」

「サーレヒーのファイルを読んだが、自分の貨物船をアメリカの攻撃で沈められたことへの報復だったようだ」

「ロシアの核を回収する任務中にね」リヴェットがいった。「ああ、それも読んだ。SEALチームかなにかが、サーレヒーを阻止したんだ。もっときっぱり阻止していれば、〈イントレピッド〉でおおぜいが死なずにすんだ」信じられないという表情で、リヴェットは前方を見た。「法務官、あんたはほんとうにあいつを弁護するのか？」

「あの男じゃない」ブリーンは、穏やかな口調できっぱりといった。「適法な手続きを守りたいんだ」

「トリニダードでは、あいつらに〝適法な手続き〟をとらなかったじゃないか」リヴェットが指摘した。

「神の支持者《アンサール・アッラー》の戦士に対してもね」かなり満足に思っているような感じで、グレースがつけくわえた。

「生きるか死ぬかの問題だった」ブリーンはいった。「わたしたちは第一に戦闘員で、第二に任務があった。しかし、サーレヒーを捕らえた。捕まえることができた」横を指差した。「ここにあいつを乗せることができた。適法な手続きがなかったら、わたしたちの国は、わたしたちがあとにした国よりましだとはいえない」

「わたしはね、少佐、そうじゃないことを証明したと信じてる」グレースがいった。

「わたしたちの国は、やつらとはちがって、博物館や学校や会社ではなく、人間ひとりをターゲットにした。あそこでサーレヒーには五分五分の勝ち目があった。あそこが倉庫じゃなくて学校だったら、わたしたちは命の危険にさらされ、手出しできなかったはずよ。〈イントレピッド〉では、だれにも助かる見込みはなかった」

「それは正義ではなく報復の原理に基づく理由づけだ」ブリーンがいった。「それに、きみのいうことはまちがっている。サーレヒーはわたしたちを害したんだ、中尉。わたしたちが気づいているよりもずっとひどく」

「どういうふうに？」グレースはきいた。

「わたしたちは赤い線を越えた」ブリーンはいった。「これからは、それを越えるのがもっと簡単になる」

うしろに仕切りがあって三人の話がよく聞こえないことが、ウィリアムズにはありがたかった。だが、ブラック・ワスプの三人の口調からして、なにが話題になっているかわかっていた。それに、正しいことをやったと心の底から確信しているわけではなかった。死んだ男は、〈イントレピッド〉を攻撃し、ウィリアムズのオプ・センターを解隊させた。すくなくとも、ウィリアムズの知っているオプ・センターを。死者ただからやつを殺したのではないと、神に祈りたい。ウィリアムズは思った。

ちのためにやったのだと祈りたい。

アウダーとタンカー〈ディマー〉との無線交信を除けば、その後のフライトは静かだった。九十分弱でヘリコプターは、アデン湾に出る手前で紅海がイエメンとエリトリアのあいだで狭隘《きょうあい》になる場所――マンダブ海峡――のすぐ北で、タンカー〈ディマー〉と会合《ランデヴー》した。行きよりもすこし時間がかかったのは、シーア派過激派のロケット弾攻撃を避けるために、上昇限度ぎりぎりをアウダーが飛行したからだった。

チームがヘリコプターからおりて、エレベーターへ急ぐあいだも、四人は緊張をみなぎらせていた。事後聴取の経験が豊富なウィリアムズは、ほとんどが任務の余波だと知っていた。その苦痛が、心的障害後ストレス症候群が生じさせることもある。しかし、アフマド・サーレヒーを射殺したことが、チームに重くのしかかっていた――アウダーはそれとは無縁だった。銃声は聞こえ、戦闘を目撃してはいたが、船長に報告する前の表情と握手から、任務の一翼を担ったのを誇りに思っているのだと、ウィリアムズは察した。

主甲板の上の居住区にある乗客用船室に案内されると、ウィリアムズは通路で立ちどまり、あとの三人と向き合った。

「意見の相違の原因をこしらえたことは、ほんとうに申しわけない」ウィリアムズはいった。「きみたちはわたしのことをよく知らないし、あれは上の人間の一部が望んだことだった。しかし、これはいっておく。わたしは海軍に三十五年いて、ああいう瞬間への備えがまったくできていなかった。自分が正しいことをやったのかどうか、これからもおそらくわからないだろう」ブリーンに視線を向けた。「法的には、正しくなかった。倫理的には――神の支持者《アンサール・アッラー》や、自家用ジェット機でサーレヒーをトリニダードからひそかに連れ出した何者かは、サーレヒーを見せびらかしたかったのではなく、なにかをやらせようとしていたんだ。用心しなければならないテロリストがひとり減ったから、安心して眠れると思う」

「そいつらはおそらく、サーレヒーに船をあたえるつもりだった」ブリーンがいった。「どこかへ船でこっそり送り届けるだけのために、飛行機でイエメンに連れてくるはずはない」

「ふたたび核弾頭を手に入れるためだ」リヴェットがいい添えた。「核爆弾熱」

ウィリアムズは一瞬、オプ・センターのオフィスに戻って、ロジャー・マコードとポール・バンコールの議論を聞いているような心地になった。

「これはパーティ・プランナーのための事後検証だ」ウィリアムズはいった。「それよりも、インドからどうやって帰国するのか、たしかめてから、すこし眠る。きみたちはみんなたぐいまれな人物で、いっしょに任務を果たすことができて――それに、いろいろなことをきみたちから学ぶことができて――光栄だといいたかった。〝ＳＩＴＣＯＭ《シトコム》〟は」首をふり、笑いながら、その言葉を発した。「新しいチームの一員になるのに、とてつもなく重要だった」

ブラック・ワスプが生まれたてだから〝新しい〟という言葉を使ったのだと、リヴェットとグレースは解釈するはずだと、ウィリアムズは思った。だが、ブリーンは訳知り顔だったので、ほんとうの意味に気づいたにちがいない。

「また会えるかしら？」グレースがきいた。

「それはわたしをここに配置した人間しだいだ」ウィリアムズは答えた。「彼らに連絡しなければならない。わたしたちが無事で、インドのトリヴァンドラムに向かっていて、帰りの航空券が必要だということを知らせる」

「わたし――三人ともだと思うけど――これをまたやれるのを期待してます」グレースがいった。「わたしたちはすべての歴史の教科書や軍の作戦計画に影響をあたえたんです」

「いいねえ、最高」リヴェットが、ブリーンのほうを見ないで断言した。

「骨をくわえた犬みたい」グレースが、渋い顔をした。「行くわよ、兵長」階級を笠《かさ》に着て、通路を自分たちの部屋に向かって歩いていった。

ブリーンは、ウィリアムズのそばに残った。「情報顧問《パーティ・プランナー》」ふたりきりになるといった。

一瞬の間があった。「うかつだった」ウィリアムズはいった。疲れているときに、政治の世界とは無縁な人間と話をするべきではなかった。まして、何事も見逃さない相手とは。

「情報の分野にいたんですね」ブリーンがいった。「アラスカ沖の騒動に関わっていたんでしょう。われわれのターゲットと……そいつがどういう感情に衝き動かされているかを考え、今回は逃してはならないと決断した」ブリーンは、片手をあげた。「答は求めていませんよ――わたしに考える材料をいくつかあたえてくれた、といいたいだけです」

ブリーンが敬礼し、ふたりは握手した。向きを変えて離れるときに、ブリーンはいった。「こういうときに当てはまる言葉が、ルカによる福音書にあります。〝いなくなっていたのに見つかったのだ〟（一五・三二節。放蕩息子が帰ってきて、父親がよろこんだというたとえ話）」笑みを浮かべた。

「おかえりなさい」

「ありがとう、少佐」ウィリアムズはいった。

聖地滞在を終えるのにふさわしい一幕だった。

# 54

イエメン、サナア
七月二十五日、午後一時三十分

イエメンのシーア派で商売人のサーディーは、損失や挫折《ざせつ》には慣れていなかった。いつものように、敗北したときには、預言者とアッラーの言葉に救いを求めた。

〝あなたがたに戦いを挑むものがあれば、アッラーの道のために戦え。だが、侵略的であってはならない。ほんとうにアッラーは侵略者を愛さない。〟（雌牛章一九〇）『聖クルアーン』の言葉の賢い教えは、サーディーに自分の行動を吟味《ぎんみ》することを強いた。自分は違反したのか？　一線を越えて侵略者になったのか？

サーディーは罪を犯した人間を罰してきたので、自分もおなじ責めを負うべきだと確信していた。失敗そのものが厳しい罰ではあるが、それは正しい教えをもたらしてはくれない。

サーディーは、自分の木の椅子に向かって、絨毯の上でひざまずいた。両手で肘掛けをつかみ、背中を剥き出しにして部屋の中央に向け、寛衣を腰から垂らしていた。背骨沿いと肩に、数多くの古傷があった。細い笞に肉を切り裂かれ、深い血管から出血したところは、赤い傷痕《きずあと》になっていた。

サーディーの浅黒い顔の茶色い目が、貫くような視線を据えていた。ひとりの若者が、雇い主のサーディーに横から近づいた。その若者は信頼できる伝書使で、べつの意味での使者――サーディーとアッラーを結ぶ悔い改めの道具――の役割をつとめられる聖職者としての教育を受けている唯一の配下だった。

サーディーが一度うなずいた。若者がのびあがって、片腕を高く構え、電光石火の速さで、ヒッコリーの細い笞をヒュンと鳴らし、ふりおろした。

サーディーが喉の奥からうめき声を発し、痛みのために全身が波打った。

「神よ、わたしはあなたのご意志を行ないましたか？」

笞がふたたびふりおろされた。筋肉が収縮し、サーディーの頭が持ちあがった。体の自由がきかなくなり、両腕で肘掛けをつかんでいなかったら、前のめりに倒れていたはずだった。

「わたしはみずからの意志でやりすぎたのでしょうか？」サーディーはうめいた。

三度目は、肘掛けと肘掛けのあいだのクッションを打ったが、サーディーは両手を動かさず、木に指が食い込みそうなほど強く、肘掛けを握っていた。

「わたしは……あなたに……恥辱を……あたえました」サーディーは口走った。「償いを……します」

若者は、四度目の笞をふるわなかった。サーディーに学費をあたえられて、イランで医学を学んでいた。これ以上、笞で打てば、サーディーの肉体が耐えられないことを知っていた。

若者は、すぐに芳香性の軟膏《なんこう》を塗らずに、サーディーをそのままにして離れ、祈り、黙考するあいだ待つよう命じられていた。必要になったら、呼ばれるはずだった。

サーディーは、ふるえを帯びた呼吸で、小刻みに息を吸い、吐いた。裂けた肉と傷ついた筋肉から、そのたびに痛みが押し寄せた。裸の胸を柔らかいクッションに載せていくらか楽な姿勢になり、椅子にぐったりもたれていると、閉じたまぶたを通して光が見えた。光は太陽、太陽は神の目で、神は不機嫌だった。

「だが、おまえに怒っているのではない」サーディーは弱々しくつぶやいた。「神はおまえに洪水を示してはいない。もしそうなら、ミースーシーラの子ラミクの子のヌーフとその方舟、すなわちアッラーの御業《みわざ》になる（ヌーフ「旧約聖書ではノア」はイスラム教でも重要な預言者。方舟がサヌア近くに到着し、ヌーフの息子がサヌアを創建したという伝説がイエメンにある）。火は人間の道具だ」肉体の苦しみのなかから、かすかな笑み、つかのまの安らぎが現われた。「おまえは信仰から横道にそれてはいなかった。神は不満には思っていない」

サーディーは、召命の声を聞きたかったが、肌を流れる暖かい血を感じ、神の指に癒されているような気がした。

「炎が湧き起こるだろう」アフマド・サーレヒーの神聖な顔を思い浮かべ、サーディーは誓った。「彼は殉教者になったが、彼がつけた炎は燃えひろがるだろう」

アッラーのみがもたらすことができる力によって、サーディーは起きあがり、部屋の隅で叩頭《こうとう》してひざまずいていた若者を呼び寄せた。

# 55

ワシントンDC、ヘイ・アダムズ・ホテル
オフレコの会合
七月二十七日、午後九時

チェイス・ウィリアムズは、最初のデートに来ているような心地だった。

予想していなかった馬鹿げた不安だった。時差ぼけ、とまどい、従来やりつけていなかったこと——オプ・センターの元同僚ふたりに話す内容に気をつけなければいけないこと——が同等に入り混じって、そういう気持ちになっていた。

とはいえ、キャスリーン・ヘイズとアン・サリヴァン元副長官のふたりに会うのを許可してくれた大統領に、ウィリアムズは感謝していた。もちろん、キャスリーンは、この数日間の出来事の細部を、ウィリアムズとおなじくらい把握している。ただ、べリーはブラック・ワスプのことは、キャスリーンになにも話していないはずだった。アンはなにも知らない。それはそのままにしておく。

混雑しているホテルのバーに、キャスリーンがまずやってきて、隅のボックス席にいる元ボスを見つけた。空きがほとんどない流行の店で、その席を予約してくれたのは、ベリーだった。影響力を行使したことはまちがいない。キャスリーンとウィリアムズはハグをして腰をおろし、暗い照明のなかでおたがいに笑みを向けた。

「ありがとう」ウィリアムズはいった。

「どういたしまして」キャスリーンが答えた。そういったとき、すこし胸が詰まるような声になっていた。座り直して、落ち着き、バスボーイが持ってきた水をひと口飲んだ。

「きみがこれを救い、わたしを救ったんだ」ウィリアムズはいった。「誇りに思うべきだよ」

「給料があがるかしら？」キャスリーンが冗談をいった。

ウィリアムズにそれを頼んでいるわけではなく、ウィリアムズもキャスリーンを推薦できる立場ではないので、すこししらけた。

「ごめんなさい」キャスリーンがいった。

「いや、地雷と卵の殻はどこにでもある。わたしの前任者のポール・フッドに注意されたように、わたしたちはひたすら動きつづけなければならない」

「卵の殻？」話題を変えられるのがありがたかったので、キャスリーンはきいた。

「ある人物が、北朝鮮にチームを派遣したことがあった。たしか、五十年前だったかな。敵は対人地雷がなくなったので、掩蔽壕のまわりに卵の殻を敷き詰めて、敵が接近するとわかるようにした」

「賢いやりかたね」キャスリーンがいった。

そのときアンが到着し、当たった宝くじでも持っているような態度で、客のあいだを通り抜けた。アンが顔いっぱいに笑みをひろげているのを見て、こんどはウィリアムズの胸が詰まりそうになった。跳びついてきたアンを受けとめるために、ウィリアムズは立ちあがった。

「あなたに会えて、ほんとうにうれしい」アンが泣き出した。

「わたしもだ」

「あなたはオイルのにおいがするけどね」アンがいった。

「車をいじっていたんだ」ウィリアムズはいった。

「嘘つき」アンが応じて、ウィリアムズの体を離さずに、すこし身を引き、元ボスをしげしげと眺めた。「家にいてのらくらしていると、みんな肥るのに、あなたは三キロか四キロくらい痩せた」

「わたしが住んでいるウォーターゲートの駐車場は暑いからね」ウィリアムズはいった。

「つぎは車庫に入れたほうがいいわ」ウィリアムズを挟んで席に座りながら、アンがいった。テーブル越しに、キャスリーンに投げキスをした。

「もういっしょに働いていなくて、セクハラにならないから、こういうことができるのよ」アンはいった。その言葉が暗い影を落として、あとのふたりにも伝染した。

「ごめんなさい」アンはいった。「馬鹿ね」

「いいんだ」ウィリアムズはいった。「事実だから」

アンはまだキャスリーンのほうを見ていた。「ロジャー・マコードに聞いたんだけど、NROにいるのね」

「前とおなじことをやっているわ」キャスリーンがいった。「あなたは?」

「国務省に移る」アンがいった。「けさオファーが来たの――わたしたちの旧いお友だち、INR副局長で広範囲分析ディレクターのジャニュアリー・ダウの下でね」

「馬が合うと思う」ウィリアムズはいった。

「ええ。きょう会ったの。サーレヒー作戦で考えかたの基調が変わったみたい。大人になったという感じね」

「大事件は自分を知るのに役立つ」ウィリアムズがいったとき、バスボーイがまた水のグラスを持ってきた。

冗談めかして〝民族離散〟だといっている同僚たちの消息を、アンが伝えた。ほとんど全員が、ほかの情報機関に雇われたが、マコードだけは、アメリカ合衆国政府よりも軍需産業のほうがずっと魅力のあるセキュリティ関連の仕事を提案したので、民間セクターの重職を引き受けたという。

「ストックオプションもあるし」アンはいった。

三人は、テーブルとスツールと店外の喫煙所すべてで話題にされているにちがいないサーレヒーの話はしなかった。オプ・センターの話はそれで終わり、これからなにをやりたいのかと、アンはウィリアムズにきいた。

「車の整備はべつとして」アンがウィンクをした。

それを考えるとき、ウィリアムズは同席している女性ふたりから視線をそらして、そこにいない一団のことを思い浮かべた。

「まだ決めていない」ウィリアムズは正直にいった。「あるひとびとと出会った――

ほんとうに優秀なひとびとと――でも、これからどういうことになるかはわからない」

「謎めいているわね」アンがいった。「政府部内、それとも部外?」

ウィリアムズは、にやりと笑った。「両方だ」納得のいかない顔をしているふたりにそう答えたとき、ウェイターがワインリストとディナーのメニューを持ってきて、バーにいるあちらの紳士がお勘定を持つそうですと告げた。

三人は、マット・ベリーがスコッチのグラスを掲げているほうを見た。けさ帰ってきてから、ウィリアムズはベリーに会っていなかった。

「わたしの好きなホワイトハウス西館の秘密工作員」アンがいった。「いっしょに食事をするよう、誘ったらどうかしら? 同窓会にしたら?」

「いいね」ウィリアムズはいった。

「もしかすると」アンがからかった。「高齢の軍馬に仕事について助言してくれるかもしれない」

「もしかすると?」〝偶然の出会い〟という手口はおもしろいと思いながら、ウィリアムズはきき返した。ニュースだねになる情報顧問《パーティ・プランナー》が、自分が妨害している政敵に疑われたり、貪欲なマスコミにしつこくされたりしないように秘密会議を行なうには、おおっぴらにダブルデートをするのがいちばんいいかもしれない。このいかにも優雅な行動――ベリーが勘定を払ってくれるキャスリーンとアンとの再会ディナー――でも、中心人物《プレイヤー》はベリーなのだと、ウィリアムズは思った。

　ウィリアムズとベリーがうなずきを交わした。ベリーはめずらしく笑みを浮かべたが、アンとキャスリーンに向けてではなかった――とはいえ、ベリーはテーブル越しにキャスリーンに手をふり、アンの両頬にキスをした。アンの横から手をのばして、両手で握ってから、腰をおろした。

「元気か、チェイス？」ベリーがきいた。

「失業して退屈しているみたいよ」アンがベリーに圧力をかけた。

「それはなんとかしないといけない。わたしたちが手をまわしてみるよ」ベリーが答えた――まだウィリアムズを見たままで、スコッチを飲み干し、つぎの一杯を注文した。

　それは明らかに助言だった。

　この軍馬はまだ鞍《くら》をおろすわけにはいかない、という。

# 訳者あとがき

９・11同時多発テロをはじめとする数々の事件を挙げるまでもなく、テロリストの攻撃を未然に察知して阻止するのは、きわめて難しい。アメリカの情報機関は、膨大な信号情報《ＳＩＧＩＮＴ》を収集している。ＳＩＧＩＮＴはおもに通信情報《ＣＯＭＩＮＴ》と電子情報《ＥＬＩＮＴ》から成り、遠隔測定情報《ＴＥＬＩＮＴ》が含まれることもある。いずれにせよ、テクノロジーによって得られる情報だが、スパイを中心とする人的情報《ＨＵＭＩＮＴ》がいまだに重要であることは否めない。

今回、ニューヨークでのテロ攻撃を防げなかった責任を問われて、オプ・センターは解隊される。その背景に、アメリカのインテリジェンス・コミュニティとその幹部らによる縄張り争いがあったことはたしかだが、オプ・センターは重要なテロリストの動きを察知していなかった。ＨＵＭＩＮＴが欠けていたことも一因だった。

オプ・センターは即刻、解隊され、長官のチェイス・ウィリアムズはただちに本部から退去するよう命じられた。しかし、駐車場で待っていた大統領次席補佐官マット・ベリーによって、ウィリアムズはあらたな密命をあたえられた。ベリーは、これまでとはまったく異なる構想で、ごく小規模な戦時急速攻撃配置《ウオータイム・アクセレレイテッド・ストライク・プレースメント》——略してWASP——をひそかに発足させていて、それにウィリアムズを参加させたのだ。

このチームはウィリアムズを含めて四人編成で、恒久的な指揮官はいない。階級と年齢はウィリアムズがもっとも上だが、状況に応じて四人のうちのだれかが主導する〝状況指揮《シチュエーショナル・コマンド》〟——略してSITCOM——という方式で行動する仕組みになっている。〝メンバー紹介〟は本文に譲るが、チームの三人は、軍隊という組織では本領を存分に発揮することができない異才揃いだった。

特殊作戦のたぐいを行なう兵士や軍補助工作員の小規模なチームは、それぞれの役割を明確に決めて訓練を行なう。たとえば、屋内へ突入する際にはスタックと呼ばれる態勢を組み、突入後は、敵を排除し、あるいは安全を確認しながら、あらかじめ決めてある方向へ進む。それを完璧にやれるように訓練する。ターゲットの建物の模型を造り、そこで実戦に近い演習を行なうことも多い。

しかし、事前に得た情報に疎漏があったり、不測の事態が起きたりしたときには、それぞれの役割を完璧にやれることが、かえって足枷になるかもしれない。いっぽう、〝ブラック・ワスプ〟は、情報が不足した状況でも、即興の工夫で攻撃を行なうことを目している。

ブラック・ワスプの初任務は、テロ攻撃の主犯を捜し出して、捕縛もしくは殺害することだった。主犯が前作で核兵器を手に入れるのに失敗した元イラン革命防衛隊海軍大佐、アフマド・サーレヒーだということは判明していたが、どういう経路でどこへ逃亡したのか、定かではなかった。ジャマーアト・アル・ムスリミーン（ムスリムの集団）が関わっているという情報を頼りに、ブラック・ワスプ・チームは、サーレヒーの臭跡を求めて、そのテロ組織の根拠地トリニダード・トバゴを目指した。ウィリアムズは、後方から指揮するのではなく、チームにくわわって行動することを決断した。サーレヒーのテロ攻撃を事前に察知できず、オプ・センターが解隊されたことに責任を痛感していたからでもあった。

オプ・センターでは、おたく帷幕会議室《ギーク・タンク》が情報を綿密に分析し、何人もの顧問が専門分野について助言し、特殊部隊チームが現場に派遣されて、ウィリアムズが総指揮をとるという仕組みだった。オプ・センターは、きわめて緻密に組み立てられた組織だったが、即動性という面では弱点もあった。たとえば、現場のチームは情報、支援、指揮を後方に頼っていた。

しかし、ブラック・ワスプは独立して秘密裏に行動し、ウィリアムズとベリーの通信を除けば、後方との接触はいっさいない。ベリーは莫大な秘密資金と絶大な権限を駆使して、ブラック・ワスプを支援する。

そういう状況なので、本書『ブラック・ワスプ出動指令』（*Sting of the Wasp* 2019）の展開はスピーディで予断を許さない。視点がほとんど現場なので、臨場感も豊かだ。シリーズはまんねりに陥りがちだが、ブラック・ワスプの登場により活気づいたといってもいいだろう。なお、次作 *God of War* 2020は、出所が南アフリカらしい細菌（orウイルス）を取りあげている。乞うご期待！

二〇二二年九月

◉訳者紹介　**伏見威蕃（ふしみ　いわん）**
翻訳家。早稲田大学商学部卒。訳書に、カッスラー『亡国の戦闘艦〈マローダー〉を撃破せよ！』、クランシー『暗黒地帯』（以上、扶桑社ミステリー）、グリーニー『暗殺者の献身』（早川書房）、ウッドワード他『PERIL 危機』（日本経済新聞出版）他。


## ブラック・ワスプ出動指令（下）

発行日　2022年10月10日　初版第1刷発行

著　者　トム・クランシー＆スティーヴ・ピチェニック
訳　者　伏見威蕃

発行者　小池英彦
発行所　株式会社 扶桑社

〒105-8070
東京都港区芝浦1-1-1　浜松町ビルディング
電話　03-6368-8870(編集)
　　　03-6368-8891(郵便室)
www.fusosha.co.jp

印刷・製本　図書印刷株式会社



定価はカバーに表示してあります。
造本には十分注意しておりますが、落丁・乱丁(本のページの抜け落ちや順序の間違い)の場合は、小社郵便室宛にお送りください。送料は小社負担でお取り替えいたします(古書店で購入したものについては、お取り替えできません)。なお、本書のコピー、スキャン、デジタル化等の無断複製は著作権法上の例外を除き禁じられています。本書を代行業者等の第三者に依頼してスキャンやデジタル化することは、たとえ個人や家庭内での利用でも著作権法違反です。

Japanese edition © Iwan Fushimi, Fusosha Publishing Inc. 2022


Printed in Japan
ISBN 978-4-594-09151-4　C0197

## 扶桑社海外文庫

### 謀略の砂塵（上・下）
T・クランシー＆S・ピチェニック　伏見威蕃／訳　本体価格各950円

千人規模の犠牲者を出したNYの同時爆弾テロ事件。米大統領ミドキフは国家危機に即応する諜報機関オプ・センターを再び立ち上げる。傑作シリーズ再起動！

### 北朝鮮急襲（上・下）
T・クランシー＆S・ピチェニック　伏見威蕃／訳　本体価格各920円

米海軍沿岸域戦闘艦〈ミルウォーキー〉は、黄海で北朝鮮のフリゲイト二隻から突然の攻撃を受け、交戦状態に突入する。オプ・センター・シリーズ新章第二弾！

### 復讐の大地（上・下）
T・クランシー＆S・ピチェニック　伏見威蕃／訳　本体価格各920円

対ISIL世界連合の大統領特使がシリアで誘拐され、処刑シーンが中継される。米国はすぐさま報復行動に出るのだが…オプ・センター・シリーズ新章第三弾！

### ダーク・ゾーン　暗黒地帯（上・下）
T・クランシー＆S・ピチェニック　伏見威蕃／訳　本体価格各920円

NYでウクライナの女性諜報員が殺害される。背景にはウクライナ軍の離叛分子によるロシア基地侵攻計画が進行中で…オプ・センター・シリーズ新章第四弾！

＊この価格に消費税が入ります。

## 扶桑社海外文庫

**真夜中のデッド・リミット（上・下）**
スティーヴン・ハンター　染田屋茂／訳　本体価格各980円

メリーランド州の山中深くに配された核ミサイル発射基地が謎の武装集団に占拠された。ミサイル発射の刻限は深夜零時。巨匠の代表作、復刊！〈解説・古山裕樹〉

**ベイジルの戦争**
スティーヴン・ハンター　公手成幸／訳　本体価格1050円

英国陸軍特殊作戦執行部の凄腕エージェント・ベイジルにナチス占領下のパリへの潜入任務が下る。巨匠が贈る傑作戦時エスピオナージュ！〈解説・寳村信二〉

**ナイトメア・アリー　悪夢小路**
ウィリアム・リンゼイ・グレシャム　矢口誠／訳　本体価格1050円

カーニヴァルで働くマジシャンのスタンは、野心に燃えてヴォードヴィルへの進出を果たすが…ギレルモ・デル・トロ映画化のカルトノワール。〈解説・霜月蒼〉

**つけ狙う者（上・下）**
ラーシュ・ケプレル　染田屋茂&下倉亮一／訳　本体価格各1000円

スウェーデンを揺るがす独身女性の連続惨殺事件。犯行直前に被害者の姿を盗撮した映像を警察に送り付ける真意とは？ヨーナ・リンナ警部シリーズ第五弾！

＊この価格に消費税が入ります。

# 扶桑社海外文庫

## ビーフ巡査部長のための事件
レオ・ブルース　小林晋／訳　本体価格1000円

ケント州の森で発見された死体と、チックル氏が記した「動機なき殺人計画日記」の関わりとは？　英国本格黄金期の巨匠の第六長篇遂に登場。〈解説・三門優祐〉

## 瞳の奥に
サラ・ピンバラ　佐々木紀子／訳　本体価格1250円

秘書のルイーズは新しいボスの医師デヴィッドと肉体関係を持つが、その妻アデルとも知り合って…奇想天外、驚天動地の結末に脳が震える衝撃の心理スリラー。

## 狼たちの城
アレックス・ベール　小津薫／訳　本体価格1200円

ナチスに接収された古城で女優が殺害される。調査のため招聘されたゲシュタポ犯罪捜査官――その正体は逃亡用に偽りの身分を得たユダヤ人古書店主だった！

## 皮肉な終幕　レヴィンソン&リンク劇場
R・レヴィンソン&W・リンク　浅倉久志他／訳　本体価格850円

『刑事コロンボ』『ジェシカおばさんの事件簿』等の推理ドラマで世界を魅了した名コンビが、ミステリー黄金時代に発表した短編小説の数々！〈解説・小山正〉

＊この価格に消費税が入ります。